Margarita Fuchs
Talentierte Labyrinthe

Margarita Fuchs

Talentierte Labyrinthe

Ungezügelte Nachgedanken und
andere Gedichte

G – EDITION – GARAMOND

Gedruckt mit Unterstützung der Kultur- und Schulverwaltung des Magistrats der Stadt Salzburg und der Abteilung Kultur und Sport des Amts der Salzburger Landesregierung.

Edition Garamond
A-1130 Wien, Elßlergasse 17
Tel. +43 (0)1 877 04 26
Fax +43 (0)1 876 40 04
D-45473 Mülheim a. d. Ruhr
Dr.-Simoneit-Straße 36
Tel. +49 (0)208 75 69 59
E-Mail: garamond@guthmann-peterson.de
Lektorat: Susanna Harringer
Druck und Bindung: biro-m, Ljubljana
1. Auflage

Die Deutsche Bibliothek – CIP-Einheitsaufnahme
Ein Titelsatz für diese Publikation ist bei der Deutschen Bibliothek erhältlich.

ISBN 3-85306-031-50

Die Edition Garamond im Internet:
http://www.guthmann-peterson.de/edition-garamond.html

Abschied von der Erde

Wahrlich als Schönstes verließ ich beim
Scheiden die leuchtende Sonne,
ihr als nächste die schimmernden Sterne,
das Antlitz des Mondes
und dann die reifen Melonen, die Äpfel, die Birnen ...

Praxilla (um 450 v. Chr.)

Terra di Siena

große tragödinnen
oder
die schönen von boskop

in meinen winkeln auf meinen kanten
bricht sich bisweilen der blick wie
auf fensterglas oder poliertem metall
darunter wächst eine haut aus moos

eine alte heimat voller puppentassen
tintenkleckse bücher bilderstapel in
wechselrahmen hängen kolorierte
goldhauben vogellieder von der decke

schlagen kuckucksuhren schneisen in
die unbeheizten zimmer mit einem
feuchten fetzen wische ich die zeit
vom ovalen spiegel steige über große

saure äpfel die am teppich liegend
überwintern und mein geißblattmund
vollführt geschichten was bin ich denn
was weiß ich schon verklärt das licht

die liebe oder quillt rauch aus schwingenden
türen – die wunde auf meinem schulterblatt
wünscht kühlende lippen – und noch bevor
es tag wird hat der bauer zwei köpfe ist

lokomotivführer anführer wortführer
herr der melkmaschinen manchmal verputzt
er lichtleitungen in warmen ställen und wirft
den acker an rumpelt dunkle furniere

herzfern in kammern ach ja die jahrzehnte ...
heilige agathe bitt für uns schlag sechs hat es
die dunkelheit noch immer in sich will nicht
weichen legt sich holprig auf wege und gassen

geht meinen arm entlang stockt mir
den atem gleitet in hauseingänge dort
macht sie kreuze springt über zäune aus
schatten und schemen später löst die

dorfsonne diese taubensonne maschen aus
drähten sogar die zucchini sind heimisch
geworden und bauland verödet heuer in
grün den müttern aber die stuben und

gärten mit köpfen füllten sei innigst gedankt
elektra antigone phaedra persephone nehmt
euch in acht in der nächsten nacht fällt
der dicke mond in den löschteich.

lautlos

landete gestern ein schwan
auf der großen bauernwiese

jung sagte sein bräunliches
gefieder zuversicht versiegelte sein

schwarzes schwanenauge hielt uns
entgegen was wir nicht

waren oder doch bepelzte
schultern nasses wolkengeschrei

ungewisse hände oder lahmes
flügelpaar etwas später setzte er

sich weit ausholend mit anmut
über unterschiedliche dächer hinweg

blumentiere und andere steine

gestern morgen lag eine junge amsel tot im gras
ich erschrak und flog davon

heute nacht leuchtet der mond hell wie die sonne
ich vermisse beide

theoretisch springt nachbars katze sushi jetzt gleich
zum küchenfenster herein praktisch schlägt sie
mein pfauchen in die flucht

seit tagen finde ich erbrochene kirschen als
morgengabe vor meiner haustüre ich lege mich
auf die lauer es ist die elster und nicht die lerche

dieser sommer malt mit straßenkreide seerosen
statt sonnenblumen auf den asphalt lässt fische
blühen und kinder zappeln

silkes kinderblüten wachsen gelassen und heiter
am zaun entlang selbst die blätter meiner
morgenzeitung färben sich rosarot und lila

hin und wieder sind die lärmenden schnecken
nicht zu ertragen dann höre ich dem rauschen
der straße und dem summen der flugzeuge zu

in unserer siedlung wächst ein haus in russischgrün
eine frau mit roten haaren sitzt im gebälk und raucht

von meinem fenster unterm dach seh ich direkt
in sigrids küche wenn das licht noch brennt
gibt's morgen gebackene mäuse runde torten
oder noch mehr gutes

alle wissen dass der alte herr stanzel von vis-à-vis den besten
nusskuchen die feinsten gelees und schönsten marmeladen macht
und kein stein ist vor ihm sicher
eingelegt zu werden

da läuft mein efeu davon bricht schräg über die straße
aus stürmt den giebel ziegel um ziegel erblüht während
im dachboden die wäsche trocknet sind wir nicht
allein soviel heimat ist gewiss

verona

jahrgänge des mauerfalls aber auch
früher oder später geborene kleben
ihre namen und die ihrer lieben

mit kaugummi oder tixo auf schichten
von herzen und pfeilen und wieder
nichts als namen zahlen und kreise

ein weißes federkleid aus zetteln
raschelt im hof längst vergessener
oder glücklich geschiedener paare

bald werden klassisch liebende
in virtuellen hauseingängen
auferstehen uns begrüßen spielen

und sterben eine frage bleibt offen
wie soll man auf diesem pflaster gehen
später werde ich am brunnen

im damensitz niedersinken und wegreiten

Trilogie

1.
Großmutter

Als Großmutter
starb
im Begriff war

zu gehen
lag Großvater
schon

schwer
darnieder.

Ich war
ein Jahr
alt

und
hörte
Lieder

aus dem
Nebenzimmer
oder
von weit
her.

Ich spielte
mit
Gesichtern
verstecken

und den
Stimmen von
Frauen

während
Mutter
lief
um den
Arzt zu holen.

Sie hat einen
schreiadn Tod
g'hobt

sagte Großvater
immer
wieder

doch
das war
seine
drittälteste Tochter
gewesen.

Die schrie
so laut

dass
das Fensterkreuz
aus meinem
Blick fiel.

Großmutter
wurde
zu Hause

aufgebahrt
und
fotografiert

in Schwarzweiß.

2.
Großvater

Als Großvater
ein Jahr später
starb

war ich
schon
zwei

und
ziemlich alt

stand
Aug um Aug

mit
Hunden
und
Truthähnen

zwischen den
weiten grauen
Hosenbeinen
der Männer.

Meine Mutter
hatte
Tag und Nacht
Großvater

gepflegt.

Ich saß
im Leiterwagen
der dick
ausgepolstert
war

und

eine Frau
mit
Augengläsern
so dick

wie mein
kleiner Finger
und

krausem
aufgestecktem Haar

zog
mich
immerzu fort.

Sie hieß
Mathilde
und

wir fuhren
über
Stock und Stein.

3.
Mutter

Später
waren
alle tot

die in
diesem Haus

ein und
aus gegangen

waren

die Tanten
und die Onkel

die vielen
lustigen Leute

die hier
ihre Schuhe
ausgezogen

ihre Mäntel
aufgehängt

die gern
gegessen und
Most getrunken

erzählt
und
gut geschwiegen

hatten

waren tot
selbst
der Vater
ruhte
schon lange
in Frieden.

Schläft die Mutter
im
Wasserbett

oder
ein paar

Stunden
im Pflegerollstuhl

sitzt sie
im Speisezimmer

liegt
fast
im Sitzen

wie die anderen
Frauen.

Früher
trug
sie
italienische
Schuhe
aus
feinstem Leder

in maisgelb
und
weinrot

jetzt
hängt

Schneewittchen
im
gläsernen Sarg

gerahmt

über ihrem
Bett

mit
den Zwergen.

Bei Gefahr
pfeifen
sie
und

verschwinden
in dunklen
Gängen.

komm

besonders nachts
lichtern
augen und wege
fallen weich
wie katzen

überland

kaiserbuchen birnbäume kirchenorgeln
kaiserkronwirtshäuser stiftskellertum
herrgottswinkellandschaften sind von
jeher dazu bestimmt gewesen ehrfürchtige
anlässe auszuhalten mit angehaltenem atem
die gegangene zeit zu fürchten

bestellt

wiederholt rufe ich mir meine person ins gedächtnis
zurück breite mich auf jahreszahlen aus ein
nadelteppich ein gelb-grünes platanenblatt ein grellbunter
kelim dunkler ackerboden ein leeres flugfeld letzte blicke

aber grüne arme pflügen mich weicher zu
gemeinsamen mahlzeiten schwimmen wir
über den großen wilden fluss ich staune
über meine flossenfüße meinen wasser

körper meinen schuppenschritt die kinder
warten schon mit messer gabel schere
licht und singen lieb aber am schönsten

ist es doch jeden tag aufzuwachen
den nächsten vor augen und diese

liebe die von allen seiten sprießt

aufs ganze gehen

vor ihr lag die straße
kurz und gut gekehrt
gerade
geschnittene hecken

vorne links bog sie ab
nicht stadt noch land
fisch noch fleisch
zogen zwischen

grünlackierten eisernen
klopfstangen schnellwachsende
fronten entlang federbälle und
zweige fielen aus
bäumen nur in träumen

war platz für üppige kronen
schlugen häuser kapital
aus geschichten die kinder
der kinder krümmten

den raum und warm gelebte
möbel rückten zusammen
gegen dichte die schweiß trieb
hinter den ohren wurzelte

war kein kraut gewachsen
den ganzen tag lang sonne
im herzen im nacken brannte
die milch an schäumte das blut über

aus gläsernen samen spross der standpunkt
am himmel und brennnesseln
wucherten wild hinterm zaun
erbsgrüner wein zwängte sich

durch streben sie wollte noch
einmal ein tiefes rot auflegen
in einem großen koffer trug
sie zuletzt den burgblick weg

und zählte bis zehn

gerüstet

wenn ich träume
wenn ich träume

tage wochen monate im schatten deiner schlafhaltung
lavendel und südfrankreich unter den lidern in
deinem schatten schafe in griechenland oleanderbüsche
          erforschen
und höhlenzeichnungen aus blut und roter
eisenhaltiger erde nashörner und elefanten flüchten
vor meinem schwirrenden stift ich wasche meine

hände im sand und wechsle meine präposition aber
nichts läuft schneller unter lidern über dunkle gänge
als große schwere pupillen nachts sind sie wie kalt

blütler sie fliegen und schwimmen mit mir betrachten mich
beim träumen vermutlich meine ich in allem nur mich selber
immerzu nur wir immerzu der augenblick

vor dem eingriff die wiederbelebung die längeren tage
maigesänge holen den meerstern und weiche andachtsmomente
in pastell setzen mir nach mit geschlossenen

augen schwankt der boden wo also beginnen?
morgens trifft man sich in papierweißen küchen in denen
man allerhand von liebe und geschmolzenem zucker

erfährt und jeder tag ist zu kurz um landkarten abzupausen
die meerengen einzuzeichnen aber wer will das schon ...
belasse ich die sinnfragen im nächtlichen chaos biete

schlittschuhschritts die hände am rücken verschränkt
die startnummer aufgenäht mit blauem helm die stirn
den chinesischen grenzregionen

surrogat

sommers wie winters wird um 17 uhr gegessen
latzschürzen schützen ihre kleidung
blumen am tisch oder kerzen je nach anlass der
bunten bedeutung z. b. glockenblume blau oder
stumpfkerze rot alles sehr sauber gemacht musik
klingt für das junge pflegepersonal robbie williams
reift in gängen einige rauchen noch egal vielleicht wird
mir am ende ein wort wie *radius* oder *himmel* oder *nadel* bleiben
mir gnädig dämmern x-beliebig bleiben wie die katze mir

schmeichelt von mund zu mund hüpft zufalls-
generatorerprobt aug um aug verloren zahn
um zahn hinter allen köpfen in allen fingern
sind mutter und vater ständig wird gründlich
gewischt ich wappne mich mit kleineren
tätigkeiten schließe z. b. eine tür im winter
oder öffne sie im sommer

Nevada

meine haut (blass) verbrennt, und was dich von deinem
traumziel
trennt, ein trip im all, sind 25 millionen dollar (oder mehr).

ich finde (unter dem sitz) das kartenspiel und einen platz im
schatten,
du den leeren tank und weit und breit keine zivilisation oder
irgendjemanden,
der benzin hat (und verkauft).

zehn bücher im gepäck und das boot (klein) auf dem autodach,
aber kein freier fall bietet sich an.

wieso vergisst du immer (fast) alles? das fremde macht nicht
verletzlich, aber hungrig, und kühlwasser kann man nicht
trinken (leider).

ich entdecke eine packung chips (feurig), einen seltsamen wurm
und einen holzsplitter im mittelfinger.

baustelle

schreibe für mich
sichtbares und unsichtbares
mauern mit geschichten stehen schon
wälle wachsen von selbst türme ohne namen
schwärmen aus ich wirble sedimente auf lege
schwarzen granit frei und alte löffel

Rechtwinklig

Im Vierkanthof schweigt
die Welt
im rechten Winkel

Augenmerk
zirkelt
die Zeit

zurrt sie zurecht
dass sie
schlägt und tickt
läuft und rinnt

hält den Bottich
mit warmer Milch bereit
und die Tore geschlossen.

Zum Glück gibt es Gottschalk.

fanny vom galgenberg

(32000 jahre alte weibliche skulptur aus grünem schiefer, krems NÖ)

eines tages sah sie den streifigen himmel
brennen rotes gras schmolz und grüne steine
prasselten wie schlagstöcke zu ihren füßen
nieder da begann sie auf dem berg zu tanzen
und zu winken als würde ein gott zuschauen
und die aussicht bewundern

Abgefahren

Ich verliere mich
in fremden Zügen,
die in einer Stunde
bis Ostende brausen

oder nie ankommen,
so ziehen die Orte dahin,
Friedhofsland blüht und
Atem pflanzt Wolken aus Stein,

Gewitter und rostige Blitze
schlagen in Standbilder ein,
die mir riesig
vor Augen stehen.

Reiß dich zusammen!
Die platte Sonne ist
gesprächig geworden und
mitteilsamer die Bahnhöfe,

die in gelben Streifen
und roten Rändern zerfließen.
Stämme warten auf Gleisen,
mit Schotter gefüllt, und

Straßen, schwer von Bäumen,
rollen voran. *Welcome*
on board, die Stimme von oben,
Hallen und Schilder stehen Spalier,

du schönes Land voller Container,
du hast Besseres verdient,
ich nicht. Aber *Breitenschützing*
steht schwarz auf weiß und

Felder halten still, selbst die
Dächer sind braun und der Wald,
es hat lang nicht geregnet,
dazwischen das Frühjahr und Jahre

im Flug. Alles beim Alten.
Kredite und Klagen hinter weißen
Vorhängen, gefasst vor den Fenstern,
der Himmel verschmiert die

Schlieren am Glas, zwischen
bunten Mauern wohnen Menschen,
oder zwei oder eine Person
mit zwei Kindern, im Durchschnitt.

Geordnet die Gärten im
goldenen Schnitt aus Rabatten
und Wirsing, Krötenhaut
sprießt und härtet die Poren.

In four minutes we arrive
Wels oder Linz, wo Blaugelbes
wächst und nordische Kiefer.
Manchmal ein Rot.

Mehr nicht.

bleibt was

was bleibt
das treibt sich
flattert auf
herum
sinkt wieder
weiter fort
an fremden ort
verloren
immer nieder

was bleibt

wirklich ist nur
der kaffee
in meiner schale

möglicherweise
ist er
aber doch
als restliches lackerl
von der
sintflut

übrig geblieben.

Viridingrün

nackt

was für ein gefühl die kleine tuberose
anzuziehen und mit nackten zehen
sandalen zu füttern

kalte probefüße auf frühlingsblanken
stiegen aber nicht mit mir wenn schon
dann auf sommerholz

ich gehe wie alle anderen menschen
durch den park mit zwei beinen zwei
armen den kopf oben jeder führt sein
leben aus und denkt verschiedenes

die zwei gartenstühle aus irgendeinem
rohr haben ihre köpfe zusammengesteckt
im dreieck darunter zum beispiel ich oder
der nackte tisch die blätter der wind
das leben ist schön später der schnee

je näher wir dem dritten fall den augen
den lippen den grußworten der schneeschmelze
kommen desto mehr unterhält sich der tag mit nackten
gesichtern und taschentüchern weint ein kind
türen fliegen luft geht aus ist es soweit:
wieder der frühling

unkraut

nenn es liebesdistel zwischen platten mauern scherben
stachelig geschoben und talentierte labyrinthe
warten auf dich und mich

störrische besucher rüsten mit sandalen auf
legen zweige wie pfeile zurecht spannen
sätze wie bögen stechen in spiegelnde stille
und stören die steinzeit der verplatteten gefühle
alles was blüht aus fugen und ritzen hat recht

dreiklang

was hilft gegen erröten
wenn die sonne seitlich herein
schneit im bogen die augenhöhle
noch dunkler
der kontur des wangenknochens
verfällt der blick
die lippen gestochen
im vollen lauf umgeht und
sinkt im flug dass man meinen möchte
die alte straßenbeleuchtung spielt verrückt

platzt der süden auf

denkt er den weg
das benzin die karte
den koffer die tasche
den hut hotelfutter
strandasseln

tankt er den tag
makkaroni piazza salat
aus azurhimmeln fallen
tomaten piloten und
andere bilder von *Innen*

solcher sand sagt einer
schlepptauend die sonne
erbarmt sich seiner schäumt
schuppig aus krägen
ein akkordeon bläst ihm

den marsch tankwarts
griff in die tasten
schreit lauter als liebe
erlaubt piano piano

dankt er prosecco
prosciutto profumo
prolunga polenta
gasolina und süße gazosa

oh oh
olio di oliva

eisfischer

wer schneidet schon wieder
den winter zurecht addiert
mir den see still und starr

an den hals wüstenei
im april klopfet an
klopfet an grünschnee

aber magst ruhig sein
im liegen randvoll
gefrorener kiesel und fliegen

glasfische baumeln am
baum im netz wiegt
der fischer sein kind

ein neuer absatz
sucht den stiefel

die letzten paradiese

hundert stück tabakblätter in hundert minuten geschaukelt
          wie frau die außenblätter wickelt
und sich ihre schönen aussichten im gesicht wegtrocknet

glückes schmied

und schärft den blick auf eichen und buchen
liegen im gras geöffnet und warm
spatzen zimmern neue jahrzehnte

für künftige erben während
turmspringerinnen im tiefen nach ihren
goldringen suchen man schwärmt aus entdeckt

bänke im flussschatten und fließende wolken
gärten wie bollwerke mit fremden
gerüchen fassen fuß zertreten

den nachmittag
          kants freier wille fliegt auf
          und davon

einzugsgebiet

solche blicke glatt
sorglos und gut rasiert
führen binsengewächs
und schleierkraut mit sich
den glücklichen mietern
hell freundlicher am vertrautesten
zum fenster herein weht
die stores aufbläht
versteckt sich das dunkle
im backrohr bleiben regale und gläser
wie neu

lärmpegel

was macht er mit ihrer stimme
die in seine ohren schlüpft schwingungen
hervorruft und auf sein trommelfell

schlägt aber er will die stille
das stiegenhaus ist schwarz davon
schnürt ihre kehle enger und

alles was er hört kann er später
auch riechen wie die stoffblumen
in einer der mülltonnen vor dem

haus weiter oben glänzen die
stiegen wie geputzt im morgenlicht
und markieren den ort der handlung

abgang oder aufgang lieber sitzt
er im dunklen und füttert internet
maschinen denn bewegung bringt

unschärfe ins leben die laute liebe aber
belästigt die ohren der nachbarn
zwischen 22 und 01 uhr ruft kopf

schmerzen und sodbrennen herbei
seltener die wachorgane

jagdzone

wir wollen nicht ewig leben
oder doch länger als die
hunde vor den hütten
bellen

zum teil geschoren geimpft
frei haus bei kost und logis
gutwetterwiesen zum
jagen

und jaulen locken ewig
das weib an tropft
der hahn schleicht sich
der mann

kräht die uhr über
nacht sprießt der
mond
dreisprachig

entkleidet

lieber
keine platzenden paare mehr
knospen lieben nicht und meere
setzen selten segel
und bitte kein fleisch und keine zunge
und muscheln spreizen nicht die beine
schenkel fliegen nicht in münder
wer in träumen stirbt ist trotzdem tot

vollmund

eine gewisse landschaft aus körpern geht
auch ohne mich auf schaukeln bergwiesen alleine
suppe grünt mit eierstich stockt sternbeladen

hirnpofesen quellen durch die nacht
gezeugt am brett gegart im großen topf erledigt kalbt es
brätlinge brechen auf singt der teig ist's

zeit und echo bleibt für bayrische creme
gern hängen

von tischen

da hab ich die tische verrückt gemacht
mit meinem inneren blick vermessen die
meter von tisch zu tisch umstellt die
metallenen schweigsamen beine die
biegsam geschwungenen beine als
wüsste ich nichts von tischen mein
standbein trägt spielbein trägt mehr
bein noch hängt sein herz vom september
auch jetzt im dezember am fuß des
seidenen fadens sein bein könnt auch
kein bein sein könnt ein schistock sein
ein ausfallschritt teil eines holzgestells
einer stahlplastik oder einfach ein
ständerelement

legenden

mr. president und jackie o. die kennedys
die vermutung monroe ihr haarnadelkleid
nierentische scheiden aus
plutonium ist gleich bikini und reis
wächst am po resopales pastell liebt
kuchengitter und immer wieder weißer
flieder sie wartet täglich auf godot
und die modernen allergien resedagrün
blüht die hoffnung großgeblümtes bleibt
aber weiterhin den sonnenblumen
vorbehalten

und
marlboro hat wirklich gelebt

von apfelblüten einen kranz

dies ist der tod meiner mutter
kein anderer ich kenne seine
stärken und schwächen
seine vorlieben und abneigungen
ihre leiden und wunden sind sein lied
mein ganzes leben liegt vor mir
und ihr und ihrem singenden tod
ausgebreitet die zeit die uns hält
wird kleiner draußen lärmen
baumaschinen ein helikopter landet

verrückt

alle gläser tanzen plötzlich auf dem tresen
alle besen kehren plötzlich besser
die gewässer sind steinhart gefroren
der himmel steigt nach laune
bald fällt der saturn ins haus und
zeigt sich als spiegelung des
silbertellers an der grünen decke

gartenzimmer

tragen namen weihern kühl im schatten
schnell kommt landschaft ins auge und
hornkraut bläst aus allen rohren

querbeetein blühen sätze kräuseln
die blätter des rosenadels ihre
steifen krägen wippen herrlich

wie suppenteller aus lilienporzellan
haben auch ihre kehrseiten und
thymian gehört zum wilden reitervolk

schlägt ganz bellaflora samt
seiner grünen tagesproduktion
das wird ja immer schöner

stunts

willkommen in außenbezirken bauerngärtlein
oder wo man zu sackgassen mit rampen hingeführt wird

salatköpfe schießen salven von grün während kraut
grau verpufft und gurken erst im kühlregal zu langen

stangen reifen oder doch weit hergeholt tomatenbälle
werden rot lackiert melanzane tragen erst im rohr

trauerflor mundgerechte beeren virtuell gereicht
zittern am schirm ich greife daneben

eben

abgesang

ich lebe noch immer mit den grünen vorhängen
und tisch stuhl bett kasten
im gegenlicht verlieren die schultern an kontur
der kopf setzt sich ab
alles kleinere wartet
wird noch kleiner
schnürt herzen ab

und

wenn blumen vom plafond stürzen
und wände näher rücken
fremde winken frauen gesichter tragen
dann kannst du nicht mehr warten
dann malst du zeichen in die luft
dein zeigefinger zuckt
dirigiert die wäsche die zahl der silben
deine sieben sachen zähl sie auf
dein koffer gepackt fliegt dir zu
das leben auch weintrauben
und lila rosen tropfen von deinem arm
efeu kriecht daher
und bilder voller kindheit stehen im weg
das bett maunzt wie die katze
du erlaubst dir keine ungeschicklichkeit
und keine höflichkeit mehr
das wetter und das essen sind vergessen
aber noch einmal den fluss entlang
und durch die stadt die nächste nacht
steht zur disposition
der tee in der schnabelschale ist
immer zu heiß oder zu kalt
du weißt viel von dem was kommen
wird kann nicht vergehen
lauf nicht gleich weg
ich vermute du erlaubst dir
dein gehen du schwebst ja
deine schuhe glänzen am gang

sonnenknirpse und weniger

kunst ist genau ist weniger sagen sie
            ist ein wassergläserset ein runder mund
ein schuh des monats generell das licht
            in allen seinen variationen
eine transportable liegewiese und immer noch
            komm denk mit mir drehen
im takt und eine sommerwiese

unverblümt

womöglich droht der krieg der sterne
oder die invasion der gänseblümchen
so genau will ich das gar nicht wissen

der frosch quakt löcher in die Luft
und die sense steht bereit
mit einem fuß im feuchten beet aus erde

mit dem anderen im hohen gras
eingefallen neben löwenzahn und hahnentritt
wie soll der mut sich fassen wenn alles fällt

die krähen krähen niemand schweigt
der hund bellt dagegen blüht
das geschäft mit dosen-rosen und

unverlangten rezepturen
auf dass wir alle glücklich werden
die zeit ist reif für kränze

Passion

Gehorsam
bis in
meinen und deinen
Tod
wird uns
ein Kreuz
blühen,
gelbe Narzissen
leuchten uns heim,
blühende Bäume
schlagen aus,
weißer Regen
fällt.

Im Frühling
mit
biblischem Zorn.

Himbeerrot

Mission

Als Kind
erschien mir

Bruder Konrad
auf leeren Magen,
gütig glänzend

wie alle Heiligen
im Himmel und auf Erden,
in der dunklen engen Speis

meiner Freundin Silvia.
Sie glaubte aber
weiterhin an mich.

Wir hörten unsere Herzen
schlagen, hockten aneinander
gekauert am Boden, dann

fischten wir ein Glas
voller süßer saftiger Senfgurken
leer.

ein sommer

I

ich erinnere mich dass wir
barfuß hinterm haus
eine suppe aus erde und gras
kochten dazu pflückten wir

blätter und streuten sie darüber
eine grüne suppe trotz der erde
die braune klumpen machte
habe ich vor augen und

auf der zunge den geschmack
nach blühendem klee und
sauerampfer wir liebten
diese suppe und löffelten sie

unseren puppen in die offenen
münder bis sie satt waren
und aus ihnen eine bunte
wiese floss

II

manchmal lief uns schon
morgens die sonne entgegen
und der wind bauschte die
röcke auf wir waren glockenblumen

läuteten den tag ein und
weideten die unruhigen

schatten des sommerflieders
vertrieben mit unserem glück

die schafe am himmel
die welt war im lot selbst
die schafskälte konnte uns
nichts anhaben regen oder

schnee im mai und september

III

gleichmütig standen wir dem
großen strom gegenüber der
riss und schob und im frühjahr
ganze bäume rollte
schneller als eiserne bahnen
kam uns vor die einen
höllenlärm veranstalteten
qualmten und quietschten

als hätten wir in eine zitrone
gebissen so rann uns die
spucke im mund zusammen
und der fluss hörte nicht auf

an unseren weidenästen zu
ziehen die wir ins wasser
hielten um fische zu fangen
oder frösche und nixen

IV

offenen toren konnten wir
nicht widerstehen wir lagen
im heu und in halmen
die stachen und rote

flecken auf wangen und waden
hinterließen und hüpften auf
ballen von gestriger grüne
und kühl war der abend und

roch nach hühnern und sternen
wir entwarfen das jahr und
sangen dazu weiter weg
hörten wir stimmen von

vätern auch ängstlich die
suchten und riefen und
fanden uns bald

wildfänge

wir halten zugute jung weiblich blutgeleckt
mixen schütteln schlürfen aufgerissen
schwarz mit roten happen tomate spielt
lange leine wenn mittags gerade an oder
aufgespielt und stückchenweise von haut
aus laut verhandelt wird brennt der nagel
im nabel
was geht?

hirudo medicinalis

der junge blutegel
ernährt sich von fröschen kröten oder fischen

der alte liebt rheuma hämatome furunkel
oder besenreiser sogar den tennisarm
findet er verlockend

kind

schwärmt aus bricht durch hecken
rankt geschichten ums haus
füllt ecken mit fröschen und kronen

klettert durch türen über betten pfeift
auf schlösser lärmt lacht ein paar
quinten blumen tanzen im zimmer

leiser schrei ich und immer sofort
fließt samt seidig glänzende milch
schäumt in augen und sprudelt

das leben über eine weiße maus
bringt sich in sicherheit

kernspaltung

stücklfleisch wächst in der kindheit
ein harter zäher brocken fremd im
mund und heimlich ausgespuckt

fleischiges
fülliges
kernfleisch

selbst apfelschalen birngehäuse
zwetschkenkerne haselnüsse
socken schuhe zahnspangen
und teddybären wachsen im kopf

einverleibte kindheitsteile

klingeltöne

la musica und ihre taschenspielertricks:
du verrätst am besten nicht zu viel
ihr innenleben klingelt hintergründig
wie abgetauchte töne die in
zuckerwatte zirkulieren sie steigen
hoch aus zig verstecken kapriolen
scharf am mittagstisch vorbei verboten
das geklingel schlägt sich auf die
stimmgabel dazu dein nackter mund
den es kaum mehr gibt nur ab und zu
schmachtest du dem nachschlag am
nachmittag entgegen

pizzeria

zwischen zwei tafeln
die frische muscheln anboten

hing in einem verzweigten goldrahmen
eine blaue mantelmadonna

stieß mitternachtsgesichtig durch
niedrighängende wortschwaden

und lärmende kaskaden zu mir vor
schnürte mir ein klein wenig

das herz ab die suppe aus sonnenroten
tomaten dieses bild rammte mich

breitseitig war vorgeprescht
in meinen purpurnen kindermund

in meine offenen ohren immer wenn
ich schlief deckte mich ihr blauer

mantel zu und nahtlos
fiel die nacht herunter

fliegenpilz flieg

noch immer seh ich hüte und köpfe vor mir
die weißen lamellen unter dem roten hut und getupft
gebauscht der stoff gespannt wie ein rad
reifröcke wie verschnürt auf dem kopf
die flügel darunter aus tüll und immer die
beinchen in schwarz oder weiß aber dünn

ich war die christl von der post einfach eine
hängetasche und eine kappe eine rotbacke einfach
eine ungarin ein schwarzer rock und drei farbige
streifen am langen saum nichts wippte und zippte
aber die krone aus kunstblumen und bändern
aus rotem weißem und grünem krepp
die bis zu den waden flossen machte mich zur
bienenkönigin und ich stand starr in einem fort

der erste halt

meine tochter elfeinhalb
braucht ein top ohne bauch
mit breiteren trägern die augen
gesenkt und hinten auch stoff
denn der rücken schreit rot
aber nicht soviel der hals soll
halt frei sein vorne natürlich
und bitte nicht weiß *das ist*
echt nicht stark alle anderen
haben ihr teil in gestreift und
getupft

dann war der krieg vorbei

und wir fürchteten die nassen küsse der tanten
hatten aber doch viel gegessen und umarmt ihren
geschichten standgehalten die in unseren ohren
naphtalingrau schwiegen

und eine trauerte im vorhaus weiter
sie war weiß wie die milch in der kanne
ein einziges zwanzigminütiges weiß
das abdrücke an der wand hinterließ und
sich sogar im klosett versteckte aber
letztlich alles nur lustig gemeint und
erzählt bekommen das zimmer voller
jahre und ameisen hinter
der kredenz

reigen

rücken an rücken
saßen sie vorerst im gras
lehnten sich wie die bäume aneinander
jung und grün die im hintergrund einzeln
standen und lauschten und hielten sich fest
verdrahtet
rinde an rinde kopf an kopf mund an mund
sagten wörter wie *mein laptop spinnt wieder*
und *coole sonne* oder *geile musik* und trugen
auch später kein blatt davon nur die blicke der
vögel und kinder flogen auf und verwirrten
ihr haar

töchter werden hundert

ihre herzorgane wachsen mit blutfettvitaminen
weit über alle fragen hinaus was z. b. haben
großmütter gegessen als sie mit ihren töchtern
schwanger gingen:
zwetschkenknödel und noch amal knödel und
grießknödel mit erdäpfeln und kirschmarmeladebrote
und noch mehr äpfel vom bauern und eier und
manchmal ein stückl fleisch und kraut und kaffeesuppen
mit krapfen und sind nicht satt geworden vor lauter
hunger nach liebe

früher

das war ein anderes licht
das die konturen klingen ließ
den abstand zweier bäume verschmälerte
das wasser sank in gläsern tiefer
zwischen erde und dach
und dir und mir
stand kein zufall
die vögel spielten bis zum abend
wir schliefen in ihren federbetten
früh morgens kroch der malzkaffee
aus der küche das haar floss in schleifen
die schürzen hingen im haus
und nichts deutete auf einen späteren
aufbruch hin

wie willst du leben

hoffentlich gut
genug entworfen vorgedacht
um immer wieder überrascht zu werden
grundrisszeichnungen der ersten gemeinsamen jahre
liegen vor unbeschwerte kindheiten
können nachgebessert werden
nachgedacht zu haben
ist kein zufall
du bist das
was du gedacht hast

ich möchte

gern am meer entlang spazieren gehen
meine zehen sehen spüren
in der morgendämmerung meine innenräume
ausbreiten lüften grau in grau noch alles
allein intime stille hockt verstört zwischen
abgespannten schirmen die bar ist noch
geschlossen und nichts geschieht was ich nicht will
der horizont reckt sich streckt seine arme
aus und legt mir den himmel zu füßen
klappt ihn ordentlich vor mir auf
ich lass mich fallen wellen schaukeln im kopf
es muss meiner sein möwen schlafen noch
im stehen auf stegen und pfosten ich mag sie nicht
es riecht nach salz tang fisch und meine
stimme spricht ich öffne den mund und lass sie
fliegen bald gehen die wörter auf

genussmittel

das schild mit dem mohrenkopf: morgenland
der glanz der großen behälter mit gerösteten
bohnen das geräusch des mahlens eingesogen
die mäntel der vorwiegend jungen männer
für mich damals alt in kaffeebraun mit krawatte
ausgesucht höfliche südfrüchte tee und schokolade
wurden serviert später machte in unmittelbarer
nähe der konsum auf viel billiger aber rot man
konnte dort alles selbst aus dem regal nehmen
ich erinnere mich nicht dass wir jemals hineingegangen
wären unsere lebensmittel bezogen wir aus einem
dunklen gewölbe der inhaber schöpfte aus großen
kartoffelsäcken reis mehl und zucker braune
papierstanitzel unterschiedlicher größe hingen wie
lampions über der budel zerkratzt rohes holz
es roch nicht ganz nach dachboden aber fast
und ein großes glas essiggurken stand in augenhöhe
vor mir

täglich leben

hin und wieder halte ich ausschau
nach einer eiswürfelmaschine und
festlichen kindern jeglichen alters
von paaren die sich liebten oder trennten
das spielt keine rolle nachhaltige entwicklungen
werden folgen selbst gestoßenes eis
wird laut anfrage mitgeliefert
und dein drink registriert

spielwaren

wer kennt die uhr
graue klötze wachsen schneller in den himmel
als eschenwälder die zu schlossalleen schrumpfen

die blinde kuh spielt dame
und wilde jagden stolpern nicht nimm dich
in schach den letzten beißen die hunde herzhaft

in waden von drachen und rosen
umschlungen vor verschlossenen toren den
schlüssel verloren ist gut würfeln um die

besten jahre die fällig sind

meine schönen

töchter blühen aus wunden ihrer alten kindheit
          ihr junges blut vor augen
den nächsten tag fließen tränen ungestüme
          stunden preschen vor und
bunte bücher steigen auf wirbeln laute mütter hoch
          nichts fällt auf die leichte schulter

simplex

oben ein helltürkiser kinderhimmel
gestreift gepunktelt gefedert
          und gefächert
dazu ein weißer lachmundmond
ein runder taschenspiegel
          der schön blendet

unten eine hütchendame mit mops
eine lausmaus im getreide
          eine gelbe katze wie ein
tigerzahn und ich mit steinnelke
die finger gespitzt sie stinkt
          zum himmel

ich werde ihr den kopf abbeißen

historie

alles gerinnt
stockt grauschwarz
zum eigenen erstaunen
was gerade
leuchtet
und passiert
ist schon geschichte geworden
eben erst

Blauvogelblau

pink panther

sieh dich vor
menschentrauben treiben
eiserne blüten bald kommst
du wieder in den
gitterhimmel
keine frage heute
ist nicht alle tage

Und andere Tiere

Sechs Windräder
äsen im Sommergras,
spitzen die silbernen Flügel,
schlagen mit langen Ohren Sturm,
wittern die Jagd und die Zügel.

Und
weit und breit
kein Wald
in Sicht,
nur hellgesprenkelte Hänge.

Wo werden sie abends ruhen?

supergute tage

nichts steht im weg
und der
count-down läuft.

berlin unterhimmelt
probt meist rot auf teppichen
kameras klicken.

von
der flexibilität
begehrter männer
wird erzählt.

ich mag lorenzo
total gern.
wir sind eng befreundet.
aber kein paar.
ja.

er sollte komplex genug sein
mich zu kapieren.
ja.

no comment
fröstelt sein blick
dicht.

aber augen weiden
schon in mündern
weiß wie zähne
falb wie zungen

rot wie zahnfleisch
schwarz vor lachen.

und alles wird gut.
echt.

hornissen

giraffenfische und andere tiere
aufs zweite erkennen
mir aber mitunter willkommen fremd
wie gewisse affinitäten im hinteren
reptiliengehirn die dort unverrichteter
dinge herumkrebsen aufstampfen
wollen mit süßen sätzen gefüttert werden
wie bromelien hör ich gern
nur fehlt mir das brom

urlaut

nerven blanken
pausenlos
wenn frauen
ständig
in der liebe
liegen

flair

für die halbe jahreszeit wünsche ich mir
eine schwarze krähe und einen singenden ofen
keinen totenvogel oder friedhofsgeier
keinen schafefresser und kein ungeheuer

nein eine schöne schwarze krähe
die der anderen kein auge aushackt
besser eine rabenartige krähe
denn raben sind die besseren vögel

hab ich gehört jakob der rabe könnte
mir den schnee wegschaufeln und auch
kleinere einkäufe erledigen mit einer

vogelhalterlunge wäre ich auch
stimmlich gut bedient und bestens
ausgerüstet für die halbe jahreszeit

liebe landsleute

weicher unterlippiger und schwächere druckhände
        gereicht richtliniengetreu
mit schwankenden zielvorgaben durch vorbild
        gereift unbestimmte lautorgeln
brausen auf aber spaßhalber ausdauerresistent
        im heutigen vollgas

gardasee

im letzten urlaub stieß ich
am gang zur toilette
in trübem wasser
auf einen hummer
seine scheren waren mit rotbraunem
einweckgummi zusammen
gebunden ich sah
noch drei andere
hummer genauso verpackt
am blechboden liegen
ich vor der scheibe
er dahinter
bückte mich
und fiel direkt in sein
graues trauriges hummerauge

oberhalb unterhalb

nicht nur in deutschen landen erkennst du dich wieder
selbst auf burgen führen wendeltreppen
zu höchsten türmen und eiserne windrosen
hängen backbord
karl-heinz ist unten geblieben almut steigt
hinauf ihr t-shirt leuchtet metallic-blau die
bedienung im burggarten macht später
aus einem großen eisbecher zwei kleine
das ist sehr aufmerksam gewesen.

lachsdose

was das öffnen von dosen und
toren betrifft:
schwieriger ist es herauszuwachsen
die guten stuben fliegen zu studieren
die leisen ölspuren angesichts des
anflugs zu luftkurorten weit oberhalb
der baumgrenze innergebirg
die gabelzwänge fielen desto dünner
die luft stege führten gern nichts im
talon später zeigten seine furt und
sechs finger auf mich es waren meine
dazwischen die rippen des hauses
die glühenden fenster

vielleicht ist der keller gefragter
die falltür heller zu hinterstübchens
weidlingsglück lass gut sein
schönkäppchens rot blitzt im
ampelwald augapfel linst
keiner verlässt jetzt den traum
alle wege führen immer nach
rom und niemand will's wieder
gewesen sein glück allein
wer hat die wölfin gerufen
ich du es oder ich

vertrautes nimmt mich ziemlich
mit doch lachslieds ende kommt
wie himmelblau generell ist
vorsicht vor fensterflügeln
borden kanten und schliffen

geboten beim plötzlichen
wenden hatte ich
schon weniger glück

Lazarus

ich überlege eine zikade zu werden.
jedes siebzehnte jahr aus dem erdloch
kriechen, das schaff ich auch noch,
wo ich doch für mein leben gern
ausschwärme, mit roten augen und
bläulich schwarzem körper, um dich
zu treffen. nichts wäre mir dann peinlich,
außer den sommer anzukündigen, das
ist langweilig. ich möchte gefährlich sein
wie ein tennisschläger und unbarmherzig
wie die zeit. aber außer leeren puppenhüllen,
die unter den sohlen knirschen und die gullys
verstopfen, ist nichts zu erwarten. ich weiß,
in drei wochen wird alles vorbei sein.

Geschenkt

Ich raste
auf deinen Lidern
und schenke dir
12 geschorene Schafe
wie du sie
nie
gewagt hast
zu zählen.

birken stechen

drei an der zahl weiß
oder
beliebige fenster zum
durchschauen heimatboden
gerissene erde alter ziegengründe
voller pflastersteine klagen

sprang nur über gräbelein
fand kein einzig gräselein
auch nicht am wochenende
entknittert am morgen
entledigt der sorgen
kind und kegel
mann und maus
mäh mäh

andere ansässige klänge
glänzten durch abwesenheit
es roch streng nach
desinfektionsmittel
bohnerwachs und
fabeltier

historiker mit helmen zogen stiefel an
nur unsere derzeitige
justizministerin
wurschtelt
ihr haar
hoch und
nieder

herde und andere erreger

dreizehn thesen

1.
der anspruchsvolle und mündige konsument verlangt nach authentischem design

2.
er lebt mit weißen sitzmöbeln ohne vorhänge teppiche oder kinder oft im loft

3.
er kocht nie alleine in blitzenden küchen mit wok und demut ein gastmahl für puristen

4.
er weiß bescheid über die kunst im sitzen abzureisen und neue ziele erheitern ihn

5.
er liebt das einfache leben an stränden mit echsen in hütten wo auch andere topleute relaxen

6.
er schreit oder schwitzt nie und wenn dann bewusst in eigenen räumen

7.
er riecht immer gut sogar morgens nach dem aufstehen trainiert er seine nase

8.
er ist glatt und elastisch und nichts erinnert an die stillgelegte jugend

9.
er filtert bedachtsam luft und lust ist intim mit der askese der arbeit

10.
er erkennt am schliff das weibliche und männliche von spiegeln und kronleuchtern

11.
er deponiert seine angst langfristig in gemischten fonds wo sie wächst und gute erträge bringt

12.
er schläft in puritanisch kühlem leinen nur das holz ist so dunkel und warm wie sein anus

13.
sein zukünftiger tod ist kein thema höchstens ein unfall den andere verschuldet haben

oral history

und anderes ist erzählt worden
von kriegen und verschütteter milch
auf persern von schweren geburten

und leichten rezepten von silberbestecken
in dunklen ecken geheimen laden im städtchen
baden und sinnlosem sterben durch stürzende

scherben von zähnen die dem onkel
in der straßenbahn aus dem mund
und durchs fenster geflogen sind

eine taube putzt sich jetzt noch das gefieder

arithmetik

im oberen drittel des fensters
knapp unter den wolken
folgt ein vogel seinem kurs
zieht brüche am glas

dividiert den himmel durch zwei
nimm mich mit kapitän auf die reise
es kann auch ein storch
oder ein kranich gewesen sein

ein geier dem tierpark entflogen
muss später von mir
gefüttert werden

Dicke Lippe

Sie kriegt immer,
was sie nicht will.

Sie ist siebzehn.
Sie lebt seit Jahren
in einem
Schweizer Internat,
gut geführt,
an einem ruhigen See.

Sie hat sich
zum Geburtstag
Lippen gewünscht,
die singen, essen,
küssen und
schwer sind
vor Leichtsinn.

Aber sie ist nicht
auf den Mund gefallen.

Nächstes Jahr
will sie
Brüste, die stehen und winken,
übernächstes Jahr
Schenkel wie Pfeile,
etwas später
Marmor
in Po und Bauch,
hart und streng
mit sich selbst

und
den anderen.

Wange, Stirn und Nase
haben Zeit,
bis sie
mit dem Kopf
durch die Wand
gerannt ist.

Umschuldung

spilatus
lässt
seine
lende
in
unlust

Haut & Magen

Wir sollen uns
mindestens einen Tag
im Monat
auf das konzentrieren,
was superwichtig ist.

Wichtig ist:
Wir alle haben
nur Vornamen und sagen
du.

Das ist
ganz schön anstrengend
für jemanden,

der gerade nicht
im Team mit dabei ist.
Und immer in die Augen schauen!

Persönliche Gespräche
führen wir gerne,
besonders untereinander.

Wir akzeptieren keine Kinderarbeit,
aber Kreditkarten. Danke,
für mich nicht!

Ich steh nicht auf Schlangen.

FOXP2-Gen

Mit
Zebrafinken
ist
nicht
gut
Kirschen
essen.
Sie
haben
mit
uns
ein
Sprach-Gen
gemeinsam.
Dann
werden
wir sie
in
Grund
und
Boden
singen
müssen!

Let's talk

Mein Unglück
sind
deine
großen Füße
in
weißen Socken
und
deine Apnoe
des Nachts.

Für deinen
Atemstillstand
halt ich die Luft an
zähl die Sekunden
bis dein Rachen
röchelnd
dröhnt.
Es raubt mir den Schlaf.

Dein Glück
ist
mein
verlorenes Schweigen.
Stell ich mir vor.

Oder irgendwas anderes.

Chartreusegelb

experiment

neulich hast du mich morgens verlassen
die späne von letzter nacht lagen noch in
allen ecken glosten oder glühten nach

später fand ich dein haar in der suppe
deinen schuh in der tür ich barg das
haar aus dem teller rettete den schuh

vor der schwelle und bettete das haar in
den schuh aber mein wasser reichte nicht
aus um den schuh samt dem haar

schwimmen zu lassen
also warf ich die späne ins feuer

jägerin

als du wiederkamst nahm ich die
spur auf folgte den linien deiner
schritte ging neben dir und hinter
dir warf mich deinen ohren entgegen

kroch über kniekehlen ellbogen und
alle möglichen sätze sammelte beweis
um beweis doch die nacht war kühl
und ich verlor den faden

Jubiläum

Du hast mich überhaupt nicht verändert,
sagt Max zu Lilo
und streicht ihr über den Rücken.

Ich dich auch,
seufzt Lilo,
dreht sich um
und schläft.

hotel

meine große zehe deckt das ende der matratze
auf ich strecke mich betaste nun mit allen zehen
die kühle holzleiste der bettumrahmung es wird
wohl kunststoff sein das leintuch nicht mehr
gespannt darin noch seine schulter arm bauch
beine es riecht nach dir und mir so könnte man &
frau beginnen in guten wie in schlechten betten
tisch stuhl kasten stehen noch halten
die alte wärme fest du bist fort und kommst
wer weiß

Gebrieft

die neue
bundesdeutsche
kulturstaatsministerin
gibt
ihr
erstes
interview:

über mode
dieter bohlen
schulnoten
und
geldmangel.

sie liebt
moderne
kunst.
hat sie auch
noch
gesagt.

ganz zum schluss.

Wechselseitig

Du
erwartest
morgen
von mir:

eine gesteigerte
Effizienz
der Atmung.
Eine
Funktionsverbesserung
der
Bauchorgane.

Ich blättere
lieber
in den Seiten
meiner Zusatzversicherung.
Beschreibe
deine
Rückenwirbel,
falte dich
sorgfältig
in sieben Ecken
loche dich
und
hefte dich
ab.

Die Erbin

Sie demonstriert
aparte Extravaganz
wie
frühlingshaftes Grüngestreiftes
mit Neon-Pelz
und
Strapse
außen auf
Hosenbeine gedruckt.

Ihr üppiger Gang
zeigt dann
ihr zweites Gesicht auch glatt
streng in Ton
und Verarbeitung.

Trägst du schon die neue Kollektion?

Wer jetzt nicht sitzt
muss stehen bleiben
lange Blicke meiden
und in den Reihen wandern
bis die Blumen fallen.

Und dürr sein muss man
für den jungen Tod.

Ein Gelb

Roter Nebel
sprüht und singt
treibt mir
den Sommer zu
und
deine Augen blaublind.
Sonne taut
ein Gelb
auf
meine Stirn
lässt Messingschilder
Bauernkrapfen
Senf und Honig
glänzen.

Der Anfang

Ich bin
dir übermorgen
begegnet
und
vorgestern
werde ich
dich
geliebt
haben.

Nur heute
weiß ich
offen gesagt

nicht
was ich
mit dir
anfangen
soll.

Das Ende vom Anfang

Ich bleibe
bei dir
weil du
willst
sagt Rolf
und
ordnet
die Socken.
Dafür
kannst du
wirklich
nichts
entgegnet
Bea
und wäscht
seine
Hemden
in
Unschuld.

die einsamkeit des schriftstellers

so einsam auch wieder nicht
            beim schreiben
            wie alle tun
                        die männer

zimmer mieten irgendwo den nächsten turm
            oder im süden braten
in den marken ist gut warten auf den besten einfall
            aber keineswegs touristenfallen
besser die irische see sehr beliebt überhaupt
            irland schottland das ganze jahr über
im regen gut für die haut die finnischen klöster oder
            doch lieber in griechenland
wo keine frau hinein darf sondern bei hund und katz
            schreiben kinder unordnung tassen teller
wäsche termine sport zahn musik rechenaufgaben
            vokabeln frühstück mittag abendessen nicht
vergessen den deutschaufsatz und mann will auch
            noch was heißt leben ihr bleibt die nacht

stillleben

befürchte bessere lagen
dass sonnige nachmittage gelber werden
nächtliche gegenden einladender
obst nicht fault
schuhe wohnen
gedichte kämpfen
und winnetou reitet wieder

doch gelacht

a bissl rückendeckung und wärmere hände hast
du dir schon verdient im täglichen kampf ums

überlegen mögliche kontaktaufnahmen sind nicht
gerade einfach selbst in berufs- und freizeitehen

respektive beziehungen ziehen kalte fronten
durch und machen aus pflegeleichten verliesen

gelegentlich mördergruben da heißt es kühlen
magen bewahren und füße vor türen mit matten

auslegen glückes schmidt ist auch nach
durchzechten nächten zur stelle

und nachher bekommst du noch dein taxi

spin the globe

dornwittchens dämmerung
oder wer flüstert
dass alle königinnen und feen
zusammen mit ihren angebots-
spindeln und äpfeln baden gegangen
sind und kein baywatchprinz oder
zwerg aus malibu hat gewacht
geschweige denn geträumt und
sie von des meeres oder der liebe
wellen retten wollen oder wie
immer gesponnen

feierabend

die fische sind hungrig
werfen blasen nach mir aus
im kühlfach vereist die wäsche
mein toaster brütet schwarz
geschichten vom tag spannen
sich kreuz schlagen quer
eine fliege flüchtet

zum verkehr

hey rapunzel
lass den kopf hängen
und dein haar herunter
kommt sein fuß
fällt das kleid
prostmahlzeit

trendy wende:
dieses jahr trägt rapunzel
ihr haar kurz lang ist ihr lied
den blick lässt sie grasen
schlanker ihr hals
noch rankt er und ihre
zunge hält den zaum
im griff

auch sonst wird viel gehofft
und sie leben noch lange
glücklich und vergnügt

wir lieben es

wir
mailen nach ceylon
es-em-essen aus hessen
speisen auf reisen
        scherz
wir
sparen beim baden
lügen in rügen
        gelegenheit macht diebe
wir
wildern und schildern
und good old mcdonald's
fährt jetzt auch die grüne
schiene seit hoffnungsträger
mit aktenkoffern und
funky mamas mit zeitfenstern
und nicht immer hundertprozentig
handgefertigten kleinkindern
schlange stehen
denn marken wachsen jetzt
wie bäume tragen geschichten
wo man steht
und was man isst

vertröstungen und andere wunden

mein lieber herrmann
so viele
honigworte und maulstelzen
zimmerbrunnen und auslegware
für das deine
das meine
das eine

und immer muss ein
herrgott herhalten
wenn wir uns
etwas nicht
trauen

zahlenmagie

weiß schon
alte telefonnummern noch zu wissen
eins zwei drei im sauseschritt
alte liebhaber noch zu küssen
saust die zeit und du saust mit
alte hemden noch zu bügeln
nichts zu machen drei mal drei bleibt neun
alte pferde noch zu zügeln
am ende werden wir alle abgezogen

eins zwei drei im sauseschritt
saust die zeit
und du saust mit

Graurubin

die schöne stadt

innenlagen
begrüßen freudig und sogar sonnig
die weichen kehrseiten im gleichschritt
wiegend unter rucksäcken flaschen
unterschiedlicher größe schaukeln

und beutel zuverlässig mit
jacken gefüllt und stets denselben
dingen frauen aus übersee tragen
dreiviertel die beine verkürzt aber

praktisch trägerinnen zeigen rote
schultern und menschen werden wieder
kleiner sagst du die perspektive
verpflichtet baumeister werden

wieder neu maßnehmen müssen
wie eh und je der lauf der größe
zwei pudel mit roten halstüchern
graugroß betteln um liebe sie

sehen die bordsteine mit ihren augen
doch da ist nichts zu steuern
ständig wird sonne regen und anderes
gefordert oder stille nur lärm ist umsonst

aber immer zu haben vor allem
am bau macht er sich breit sprengt
die glocken der kirchen treibt
glas vor barock und lange

schürzen in weiß plagen pflicht
schuldig ihre bedienung da und
dort auch in braunblau verwegen
bespiegeln zwei kirschen das

mousse à la vanille wir sparen
beim zahlen mit lob und auf und
davon war es recht für japaner die
strohhüte kleiner schon wieder die größe

an ecken stiegen garagen halten
alte kinder etwas dunkler
bittend becher vor wir hofften der osten
ist offen und versierte pantomimen

kommen hier durch um brunnen
auf plätzen pflanzt sich das défilé
der marken üppiger fort eifrig geführt
von puma und nike aber immer gerne

in gleichwertigen lagen verschlendert
während zähe musikhaut vertrauten tönen
auflauert wir haben alles stadtberge
spielen das echo orgelt

bezirke werden abgeriegelt
füße neu arrangiert
und
telefonzellen sterben aus

plainstraße

angesichts
dieser kleinen
feinen
ein
sichtigen balkone die
die kleine wäsche
leinenweise anordnen
von stock zu stock
ja herausfordern
transparenter
je höher die lage
der kleinen handwäsche
hängen
hosen bhas man möchte sich
ein ei borgen
oder zwei allein
bei wem?

hanuschplatz

etwas schräg gegenüber fisch-krieg
saß neulich hoch oben wolfgang
amadé mozart ja genau dieser
auf seinem luftigen sitz wir erkannten
ihn sofort es war ja sein hochsitz in seiner
stadt mit seinen tassen seinen gamaschen
seiner bundhose sein rüschenhemd
locker darüber fallend

er nickte lachte uns zu seine musik ja
seine geigentrompetenundpaukenmusik
floss aus seiner offensichtlich nicht
ganz korrekten perücke stapelte töne
wie stühle vor himmelsstiegen sobald
wir platz nahmen begann er seine kunststücke
auf unserem kunstwerk seinem sessel
vorzuführen

schlug triangel und rad auf unsere
metallene sessellehne gestützt ließ
sich fallen dass ich aufschrie fing mich
wieder und dann seine klimmzüge drei
vier fünf an der zahl nie und nimmer
rheumatisches fieber fiel nebenbei
kopflose jugend kein sitzfleisch sagte
niemand

wir saßen klatschten und lachten wie
mozart dort oben *das möcht noch*
seyn schrie er plötzlich von oben *ich*
gehe itzt nach schlaraffen und thue
ein wenig schlaffen flatterte sein
apfelgrüner rock mit goldenen borten
und himmelblauem atlasfutter neben
mir in die menge

dass mein herz wild und hold zugleich
aufhüpfte

ignaz-harrer-straße oder straßenverkehr kann herzinfarkt begünstigen

als ich voller gleichmut aufsah
in der stille meiner organe
einen reinen herrenfriseur bei der
arbeit vor augen im weißen mantel
im dauerton der motoren nur er
bei der arbeit seine finger die schere
sein bärtchen gestutzt unterbrochen
von kabinen wandernden profilen
im gegenlicht ein mensch oder leute
wie in zügen groß klein im sitzen
schweigen oder reden die spur schneller
gezogen daneben ein stehcafé
bietet auch socken gläser und
decken in der nächsten nische panierter
fisch und kein parkplatz in sicht
weiter draußen grasen autos friedliche
mäuler wedeln weiden mit herzkranz und
ortskern vollmotorisiert und individuell werden
wir blütenweiß nicht mehr warten wollen

stadtgeschichten

I

erzähl mir eine geschichte ich liebe geschichten andere leute auch weiß ich genug beispiele wie neulich eine frau losgefahren ist frühmorgens zur arbeit kostümiert fürs büro und todchic erzählt bekommen und wie sie ihre hand obwohl nächtlich gepflegt ohne ausnahme im morgenlicht ans lenkrad gekrallt die müdigkeit betrachtet die aussieht wie ein hühnerfuß am grünmarkt gebunden an stangen gehangen mit anderen toten hühnern und dieses licht vom norden der windschutzscheibe sie so erschreckt ihre hand vor allem dass ihr wagen abstirbt nämlich mitten auf der kreuzung ein stottern dann aus und ein quietschen auch andere töne noch unfreundlichere und sie plötzlich weiß dass diese kreuzung auf sie gewartet hat zieht sie den autoschlüssel aus dem zündschloss nimmt ihre tasche steigt aus dem pkw und geht ohne die autotüre irgendwie zu schließen und auf das wütende hupen im geringsten zu achten schnell weg

II

heutzutage ist es out unter hauben zu sitzen schon gar nicht bei intercoiffeuren und exweltmeistern in innenstädten aber geföhnt wird noch recht gerne wenn überhaupt nur ein bisschen gerupft und gezupft und meistens gleich nach so einer behandlung unter die nächste brause der schnitt die farbe sind wichtig für alles andere sind wir frauen selber weltmeister denk ich oft aber lustig zuzuhören was so erzählt wird ohne hauben natürlich sonst hört man ja nichts gedröhnt und laut und heiß wie gesagt hör ich da eine ältere dame sehr gepflegt aber alle jünger wie ich hab ich schon festgestellt sagt sie sei zu alt für gewöhnlichen urlaub brauche ein wirklich gutes hotel ein bisschen luxus kann nicht schaden denk ich auch und meine frisur ja sagt die frau neben mir hab ich mir so vorgestellt vielen dank jetzt kann ich mir die haare wieder wachsen lassen und in ein paar wochen bin ich wieder da man verändert sich ja mit der zeit früher mein pagenkopf und war nie so verrückt wie meine tochter die ohne atemgerät tauchen geht im vorjahr hielt sie fast drei minuten die luft an unter wasser das ist fast weltrekord wie diese apnoe-taucherin wenn sie wissen was ich meine ich hab jetzt ihren namen vergessen aber die taucht 122 meter tief in der karibik hat meine tochter gesagt du bist verrückt geworden hab ich ihr auf den kopf zugesagt und noch dazu mit dieser frisur hab ich gehört

III

andreas b. ganz normaler angestellter im salzburger magistrat schloss mirabell der sich dort auch sichtlich wohl fühlt in der administration ein guter rechner seit kindesbeinen darüber hinaus ein ganz süßer wie seine mutter immer zu sagen pflegt bevorzugt die mittagspause wenn überhaupt im traditionscafé gleich schräg rechts über der straße zu verbringen obwohl seine kollegen und kolleginnen andere lokalitäten auch in der nähe aufsuchen gibt es ja genug kleine bars wo man warme imbisse zu sich nehmen kann falls man nicht im mirabellgarten daneben einer der schönsten barockgärten der welt obwohl immer gebaut wird versteht niemand so recht mitgebrachtes gesundes in tupperware verspeisen kann und auch die füße vertreten im strom der touristen bei schönem wetter logischerweise und er hofft beim überqueren der straße dass er nicht zu spät dran ist speziell im sommer könnte es sein dass bereits die aus aller welt hereinströmenden besucher das kontingent der ribiselschnitten aus dem traditionscafé das eigentlich winzig klein ist und eine dependance des hauptgeschäftes auf der anderen salzachseite nur aus vier tischen besteht plus einer sitzecke aber die berühmte mozartkugel erfunden hat das heißt schon im vorvorigen jahrhundert und dementsprechend alt eingesessen obwohl es jetzt auch schon anderes komponistenkonfekt gibt wenn sich herr andreas nicht irrt sieht er lauter würfel mit köpfen in einer appetitlichen vitrine gelagert und verlockend wie gesagt geschmälert das kontingent der ribiselschnitten und er froh ist insgeheim wenn er in seiner wohlverdienten mittagspause ruhe hat und eine der köstlichen hohen weißen schaumschnitten serviert bekommt hebt seine laune außerordentlich und er sitzt auch sehr gerne draußen vor dem lokal wo ein paar tische mit schirmen aufgestellt sind es zieht fürchterlich und er muss immer an weltstädte denken aber das ist ja gerade das schöne wenn er so sitzt im ampeleck zweier straßen gleich neben der einfahrt zur tiefgarage unter dem mirabellplatz der oben nichts anderes ist als ein sehr teurer parkplatz genießt er seine ribiselschnitte die er nirgends auch nur annähernd so verführerisch vorgefunden hat auch nicht beim demel in wien oder beim musil in klagenfurt ganz zu schweigen von linzer konditoreien er kennt sie alle mit den gelben biskuitböden und er ist nicht neugierig auf diese vorgefertigten teigmassen die am gaumen kleben und nicht in der lage sind ordentliche mürbböden locker und doch mit körper dazwischen echte ribiselmarmelade ja nicht erdbeer und das wichtigste sommers wie winters echte ribiseln unter der baiserhaube zu platzieren und groß ein gedicht mit leicht gebräunten schneespitzen und er kennt auch seine damen wie er sie nennt die ihn seit jahren bedienen ein eingespieltes team da fühlt er sich wohl und sehr nett begrüßt oft schon von weitem wenn draußen serviert wird kennt ihre lebensgeschichten alles gutes mittelalter und darüber um ehrlich zu sein mag er diese familiäre atmosphäre er kennt auch die stammbesucherinnen noch ein bisschen älter als er aber jung geblieben geschieden aber dafür ist er dann doch noch zu jung und der einzige herr weit und breit und überhaupt ist er trotz allem nur an der ribiselschnitte interessiert gut manchmal ist er selber überrascht wie intimitäten und anderes ausgeplaudert neben der melange ausgeschüttet werden erst neulich wieder die entrüstung über touristen oder inder die eingefallen sind in dem kleinen lokal oder pakistani weiß man nicht genau eine ganz horde das heißt eine ganz sippe woher sie das geld haben und die langen gewänder nicht zu verstehen was sie überhaupt wollen und dann nichts gekauft die braunen gesichter keine einzige kugel gekostet und herr andreas beschwichtigt und erzählt dass ihm gerade heute dreißig chinesen das heißt brautpaare im rahmen ihrer hochzeitsreise entgegengekommen sind am weg zum schönsten trausaal der welt samt feierlicher zeremonie und offiziellen heiratsurkunden dazu begleitet von zwei chinesischen filmteams die ihn auf der marmortreppe fast erdrückt hätten und die übertragung soll in china 600 millionen zuschauer vor den schirm locken plus anschließender schifffahrt am wolfgangsee mit einem festlichen mittagessen im hotel schloss fuschl hat herr andreas auch noch vernommen berichtet er den fleißigen damen die sich nicht wundern aber jedenfalls gut für salzburg und die ganze umgebung

stadtnachmittag

ein schwarzes rad rast rund
im regen wie es fliegt tritt
gegen freche nässe und luft-
widerstand an wir anderen
winden uns daneben vage
die wade zurechtgebogen das
knie zuckt zurück die hände
wieder verschränkt rückwärts
gedacht im gehen wie vorlagen
weiterhin lauern
später betrachte ich fleißiger
bleicher die schönwetterlagen
und chöre im park durch und
durch ein hoffnungsleben
kofferleben gebüschleben
ein pilz- und hundeleben
ein leben wohin des wegs
fuhr das rad die vögel hinter-
her alle 30 sekunden bricht in
europa ein knochen im alter

saisonbeginn in salzburg

gegen faschismus schaukelt
am alten markt eine lebensgroße siebenschön
eine schaufensterpuppe nämlich geschoren
starrt über den rand meiner mokkatasse in den
großen braunen um drei euro zehn
im juli baumeln die preise noch höher dick ist
der strick an dem sie hängt und der
galgen aus groben balken nein nicht nackt
in weißer metzgerschürze
die schlächter sind heute die opfer mit
strickgürtel aus nylon geknotet
dem polyester steht das gut das fräulein
mit der mehlspeis hat
weißes haar ich kenn sie noch in schwarz
und nächste woche sind
die walfänger dran sagt der herr ober
ganz demokratisch

mein provinzfuß

der wind bläst um jeden hals nur die absätze
steigen wieder ordentlich in die höh lüften die
zeh'n hund und holz aber stehen deutlich spärlicher
ums haus wie bei uns z'haus mein schlechtes gewissen
wird von den alten kronländern durchgehend
bedient schneidet im magen die erdbeerkardinal-
schnitte ganz schön entzwei während nasen
weltstadt verschleudern gehen wir auf ein
schnitzel citron widerstehen der invasion der

pizzen die in palästen sprießen dabei hör ich
den city-fritzen gern zu
wie sie in der innenstadt billige fetzen
wie kunstwerke beleuchten macht sich der spaß
ein auge und verramscht den blick kann aber
im grunde nichts dafür wenn dächer sammeln
gehen um die wette essen ich werd noch kleiner
von der pracht die wange an wange ansteht und
starre hinauf was das zeug hält bald zahlen
wir ohnehin überall die zeche und eintritt für unser erbe
das antritt was aber nur recht und nicht billig
ist manche fettleber wird sowieso im akh konserviert
und zwischen café und café versumpert die schönheit
im graben

stadtgeschichten

IV

von vornherein verirren sich betuchte menschen in nobelgeschäfte der fußgängerlobby eingedrungen in gewölbe mit marmor und glas die dazu da sind ein gewisses flair zu zaubern der großen weiten welt auf den fuß zu folgen um damit zu beweisen jederzeit im trend zu flanieren und uns auffordern gehörige portionen an nonchalance der eigenen befindlichkeit was gemeinplätze und profangarderobe betrifft entsprechend zu überdenken auf den tisch zu legen am besten leasingverträge mit taschen und schuhen gut ausgehandelt anzutreten salopp zu händeln nach zwei monaten ein fliegender wechsel auch kleider und hosen rasen dahin um entlastung privater stauräume und konten wird gebeten oder buchen sie ihre lieblingsstücke für einen einzigen auftritt wer will schon zweimal im selben outfit erscheinen und geld wird bekanntlich immerhin knapper auch in der oberen liga gespielt auf charity-events in palmersopern gesichtet winken geschäfte mit zusatz und stars auf mietbasis bieten sich an pro tag und pro stunde können sie wählen der kunde ist kundig und könig und besser präsentieren rockstars in die jahre gekommen ihre affairen samt babys in hippen kollektionen verpackt in grauschwarz gehalten nur selten weiß aber erschwinglich und ruhiger geworden sie müssen nur wählen keine bank überfallen selbst models können kleinkinder umziehen und altrocker zahlen immer öfter für ihre jungracker das wichtigste überhaupt ein baby im arm ist besser als ein hund eine gitarre als frauenmagnet selbst madonna hat mehrere taschen

performance

die sache mit den kübeln oben auf dem berg
fiel mir wieder ein
der lose gestapelte turm aus plastikkübeln

in einem klaren raum mit großen weißen wänden
die weit weg rückten sich um ihre ansichten
kümmerten die bunten kübel standen beiläufig

in der mitte die arme über den köpfen
zusammengeschlagen wie eine windhose
zogen sie augen äpfel silben taschenspiegel

kämme und alles andere nach oben
der besen in der ecke begann sich zu regen
wollte fliegen wir werden sie randvoll

mit luft füllen sagte ich zu ihm das wird nicht
leicht werden aber unsere zukunft enorm
mit erinnerungen aufputzen

und wir fegten und lärmten die ganz nacht

schimmelreiter

mein teller mit erdbeeren
die große feste sorte
schmilzt im dunkel des
kühlschranks im schatten
des einprozentjogurts
dahin wächst bläulich
in stäben aus weiß und
aus grün wirft haarige
stacheln auf fruchtbares
mark geerntet die süße
des sommers dahin und
reitet im kübel weiter
durch wien

Persischrosa

erotische beißzange
(für Paul O. jun.)

so ein heißes eisen geschmiedet
zur zange beißt mich in stücke
reißt mich entzwei aber du
kopfgeburt spannst ein knie
eleganter den bogen die arme
gehoben singend oder ringend
das becken breit nach oben
gezogen genug der abfolge
von gehen stehen essen hassen
lieben liegst einfach ergeben
ruhst am selben ort in einem
fort als gäb's keine nägel mit
köpfen nur köpfe mit töpfen
als hut und zangen mit wangen
die glüh'n

wovon träumst du

was willst du dass du willst
ich will du willst
du musst es nur träumen
halbe nächte kommen gern entgegen
du musst den baum im traum zersägen
man kennt ja den alten motivationshut
du sägst zuerst
ich hab für meinen traum gearbeitet
genug träume zerlegt und gar nicht
geschlafen

lajos' frau

ich male sagt sie eines tages
sät innere bezirke seelenhäutig
auf große formate aber auch
kleinere sind gefragt gepflanzt

gehegt und gepflegte vulkane
mit roter lava sprudeln über
schwarz bestrumpfte strünke
knöpfe fließen über leinwand

ziehen augen an und seine
träume glänzen.

bypässe

seit jeher brachte mich der stoßverkehr
zum erliegen sämtlicher funktionen
brach gelegt gewitter im kopfstau
war ich bedacht abstand zu halten
im rush-hour-syndrom mehr noch
im stehen beine wie bleifüße mit
querschüssen von hupengeheul und
triefenden stoßstangen benzingeeicht
gib mir augensirenen oft gebetet
im dreiminutentakt oder doch lieber
flügel im handyland

sehnsucht

noch alles vor sich haben
        salbei und heiligenkraut sind schon gepflanzt
axiale wege führen zu mutterklöstern und kräuterweisheiten
        werden später belohnt jahre branden gegen mauern
zukunftsblasen schweben bunte fluchthelfer der rituale

sommergespräche

gescheite leute sprechen im sommer gerne mit anderen
gescheiten leuten
kann auch winter sein herbst überhaupt zu allen jahreszeiten
oder feiertagen

palmsonntagsgespräche zum beispiel bieten sich an sehr beliebt
generell wird erörtert besichtigt die rückkehr der
kulturen im

zeitalter der globalisierung oder die implikationen für eine
zukünftige
weltordnung auch sehr wichtig entworfen auf dem rücken

organisierter buffets und banken greifen zu auf geschätzte
rücklagen
der anwesenden gourmets die kräftig zubeißen aufprosten

wenn elegante schuhträgerinnen zulangen

fernweh

türkische zyprioten wünschen sich mehr touristen
        fallweise stehen aber auch in irland
die betten leer ganz zu schweigen von näheren zielen

ich türme lieber avocado- und papayaspalten abwechselnd
        mit radicchioblättern auf getoastetes nussbrot
würze mit zitronensaft öl salz pfeffer tabasco ist nur
        anzuraten wenn sie mexico massiv im auge haben
aber bleiben sie lieber auf dem teppich

annahme

wir wünschen ihnen eine schönen winter
        danach wird immer noch ein sommer scheinen
der strommasten unter wasser setzt
        grenzkontrollen mit kraftkammern und bordellen
füllt europa mit gelben haaren und kurzer
        landschaft durchkreuzt
jeder mensch will doch seine freiheit gesunde schuhe
        und portofreie leselust

lohnt leistung

kommt zeit
oberrat kommt
diesmal ohne die verflixte axt
nehme verantwortung
über

schwerwiegend

unterwegs kleineren ankünften
aus dem weg gegangen
aber in der trostheimat meiner
stühle bänke und blumentöpfe
ist kein einziges wort
vor mir sicher vertraut nur
deine platzkarte für die ferne

hochsicherheitstrakt

im freien vollzug sichern hosenträger
die hosen seltener die zukunft
zuviel steht auf dem schwarzen brett
selbst im spiel schmerzt der untergriff

wie wohl der schaft des stiefels spiegelt
ja lachen darüber dass buchstaben nur
kürzel für längere leiden sind und
freudige ereignisse als gewinn verbucht

werden selbst im äußersten talschluss
regt sich der unmut fliegen worte
online bis lima später glänzt der

wipfelwald steht hinterlands
almrausch in handschellen
sozusagen der liebe wegen

hochfliegend

träume nicht dass zähne wie kichererbsen aus dem mund
kullern
der mond sieben ecken hat die sonne näher rollt
pferde schäumend scheuen die tote tante lacht und sonst
niemand

hin und wieder fall ich aus dem rahmen in stiegenhäuser voller
menschen
sitze nackt im café durchschwimme den ärmelkanal
oder zerbreche den spiegel das genügt fürs erste beim träumen

verlangen

einsame orte gibt es massenweise
die haut eines anderen auszukosten
kostet einiges an tröstung fremder
areale und dreimal täglich gestreichelt
ist viel verlangt spuren ziehen
voll andacht ist schwerarbeit
wenn körper aufgedeckt werden
wie sie sind

Phantom

jetzt
ist
einfach
nicht
zu
fassen

jetzt ist nicht alle tage ich komme wieder keine frage

liebstöckelt

diese stellungsspiele
kriege verdunkelungen
verstrüppen helenas blick
auf feinripp

liebäugelt mit hartweich
was gott trennt reimt sich
nicht zusammen aber
blitz auf schlitz erst recht nicht

für das
was wächst
bedroht
im dunklen

recht erst jetzt

sich
lohnt es
mitgemacht
besser
großartiger
immer einfach
tu
es

Frequenzen

Stille ertrage ich nicht lange
aber der Lärm ist genauso lästig
wie das Schweigen die große Anlage
pocht im Nebenzimmer die
Bässe sind eindeutig zu dominant
startende Flugzeuge hingegen tauchen
schnell in den Himmel und kommen erst
übermorgen oder gar nicht mehr zurück.
Ich meide das Stakkato der Stilettos
auf Marmorböden du die Rieselmusik
zu Jogurt und Zahnpasta
das Läuten in leeren Gängen
und nicht überall wird gegongt
zum Glück dann lieber die Mittagsglocken
oder Blitz und Donner am Abend.

reize

ertasten mich rücken zurecht meine berührungs-
und bewegungsmelder wachen über jede regung
organisieren neue bezirke kartieren landschaften
ungelebter größe
          wärme kälte schmerz
zugluft greift zu und vibriert auf der hand
formt meine außenwand auge diktiert
kondensiert zu signalen schließt türen von
sälen ab zieht fingergespür nach sich schwingungen
jenseits des tages spezialisieren sich auf dich
          im ganzen bist du da
beide zusammen verhalten sich anders als geplant

bombastik

faule kürbisköpfe dampfen zum himmel
ballone steigen nicht auf
türme fallen um
es regnet im sommer
riesenparasole kippen
zähne klappern
sie putzt ihre brillengläser

alles hat seine zeit

Kleingedrucktes

gesichtslose hotels gibt es genug aber
irdische paradiese sehen anders aus
china und afrika sind stark im kommen
neuseeland noch immer zwischen
kuba und kanada liegt der preis und
spezielle resorts bestimmen das ziel aber
städte und landschaft sind nicht so wichtig
von kultur ganz zu schweigen lieber setzen
wir auf hubschrauber und boote die entlegene
winkel ansteuern klasse statt masse macht kasse
wie die berge von yorkshire mit heilsamer
wirkung oder trekking auf madagaskar
tauchen in belize und das wasser
überhaupt das wasser
angeln und schauen und fischen.

aber das können Sie auch preiswerter haben!

Interregnum

Im Übrigen
weißt du nicht
was vorher
gefallen ist
und du
wirst
dein Sterben
knapp danach
nicht wieder erkennen.

Dazwischen bleibt
was sprüht und trotzt
das Leben haften
eine Zeit

lang.

Knochenorakel

rechtzeitig sind wir aus dem paradies geflogen
noch den apfel im fleisch und gekostet

wer ist schuld wenn der vater bei geregelten
verhältnissen zuständig ist andernfalls entscheidet

die fallhöhe über den stöckel des schuhs neben
dem sektglas dermaßen schäumend

wer im glashaus sitzt hat nichts zu verbergen
und vergisst das unsagbare

die knochen sind innen mit samt ausgeschlagen
warum immer blutrot

die wangen hingegen naturtrüb hängen hoch
wie die trauben was dir alles einfällt

knüppel aus dem sack zeigt euch doch
ihr schönen es gibt fixe preise mit regeln

schuhe und taschen solide gefüttert haben mit
männern und frauen mehr zu tun als man denkt und

scheidungen jenseits der silberhochzeit
sind keine seltenheit mehr

Unbunt

mutmaßungen

die letzten dinge sind gefragt an langen tischen
spiegeln sich köpfe um zu konferieren
        thematisieren figurieren delegieren

und schon wieder rücken hemden und schuhe
ins bild die maßanzüge um knopf und kragen
        geredet die wasserflaschen glühen

abgefrackt die hosen hochgekrempelt die ärmel
gekürzt maßgenommen am ideal des
        vorletzten dings alles hängt ab

von dir nicht abgesprochen abgebaut abgelegt
abgeriegelt die maßgeschneiderten wörter
        im dreimonatstest vermessen

blitzlicht frauenstolz

fest gefroren im frausein fröstelt beim adventsingen
die frauenfahne flattert nicht billig ersungen und
restauriert dazu die hüte kleinschwarz mit kordel
die schürzen blusen blumen am busen die hände

im schoß gefaltet artig im goldenen medaillon auf
rotem fahnenstoff maria ohne hut dafür himmlisches
blau und devotes licht mit ein paar engeln einige
lachen nicht ein mann hält die fahne

pannen

und pannenbuchten laden mit klaffenden heckklappen
ein dopplers effekt auszukosten und windschlüpfrige
stromlinien pfeifen um die ohren singen dazu weiter
weg tummeln sich zwiebel-

und andere türme gliedern den blick sakrale
neubauten wie zelte sind selten aber gott
sieht dich statisch stehen menschen mit
bechern und beißen in burger leit-

und andere planken verleiten zum plaudern
saubere toiletteanlagen werden heimgesucht
geld wird gegen ware getauscht nie war es
leichter von a nach b zu kommen

fakt

schreiende frauen einfach gefeuert
sind schwer vermittelbar
sonderbar
nicht nur
weil sie ihr b unter den scheffel stellen

gilt auch für:
beine busen bauch bo
und
bälger

basta

zumutung

wild genug wuchern augenbrauen
grau melierte blicke stechen zu
lustlos wird ausgebreitet und
ärgerlich daneben gewitzelt
der poesiebedarf steigt entsprechend an
wirft befremden in die runde der
massiven münder den ausgedachten
wörtern traut man zu

defensive strategien

laufen an
          und kundenbindungsprogramme
halten kunden fest auf allen ebenen wird gegrüßt

das schlimmste steht uns noch bevor
          wir und unsere anleihen werden nicht mehr
greifbar sein aber gott ist in jedem falle gut

gold auch während sich gouda nicht mehr rechnet
          klöster werden *genusszentren*
und das prinzip der langsamkeit an der

wiener börse hat sich bewährt nischenprodukte
          boomen wir vermarkten unsere yamahastutzflügel
nebst bergen und billigem bier und

biografien werden auf wunsch verbessert
          ich habe lust zu wandern

ziele

und werden die unterstützung ihres partners noch zu schätzen
            lernen aus dem bauch heraus gezielt
hosenträger und gürtel geben sicherheit während auf
            autobahnen spuren rote fäden ziehen
und lichter grell um vorfahrt kämpfen
            sich formieren ob du dich einreihst
oder nicht du hast immer recht

ab jetzt

werden privilegien durch rahmenbedingungen ersetzt
diverse urteile outgesourct und können nur noch
vom wuchernden zulagendschungel träumen

allerheiligste schräglagen weisungsgemäß planiert
durchforstet die allseits bekannten beliebten
sümpfe jetzt trockengelegt obwohl weiden wieder

flüssiger werden und auf das klima nicht wirklich
verlass ist werden wir unsere essensgeld- karrierefehlgeld-
filialleiter- haushalts- kinder- nachtdienst- erschwernis-

fahrtkosten- geburten- akademiker- maturantenzulagen
selber bestreichen unser täglich brot selber backen
und die personalziege definitiv an die kurze leine

nehmen müssen oder fremd grasen lassen
nur ausgetüftelte topjobs bleiben
harmonisch

aufdenstufen

dein arsch hängt wie bei sixtus glycerius
        sagt bea stockt mit schwarzen zähnen
        und schwerer zunge wedelt mit der hand
        und grinst sie stolpert fängt sich
        licht wechselt
halt's maul tusse jedes land glaubt von sich
dass es das milchundhonigparadies ist mit summendem
        s hisst er die flasche und rülpst
es gibt so viele arschdumme leute prost wankt
        und stürzt verkleidete touristen
schrecken auf wie zufällig der vorhang fällt
        nicht *hast hoffentlich beim hirschen*
        reserviert

wie man führt

sind sie seriös wem kann man glauben
und sprechen sie nach
        wir trauen dem ziel

wer gibt vor wie zugleich vorzüglich
abzüglich vorzugehen ist
        und was richtungsweisend

im wechselschritt abwechselnd
oder alleine märkte blühen
        nicht einsam

hast du gehört auch außerhalb
kann es ungemütlicher werden

und kalk am morgen

nicht so rosig heute
                wie du denkst
oder ich denke
                dass du denkst
wie ich mir meinen morgen gestern abend
                oder vorgestern morgen
vorgestellt habe
                ich stelle fest:
alle morgen sind irgendwie ähnlich
                mühsal und steifer hals inklusive
brett im rücken ich schlucke gehorsam
                meine kalktabletten und noch mehr
milch soll nicht so gut sein wie man dachte
                dass man früher gedacht hat
da hilft auch kein pilates oder wie es
                heißt in den zeitschriften und büchern zum
locker werden fit werden überhaupt
                werden fliegen und so weiter
                für eine stunde
                einen tag
                noch länger

Erlebnisarchitektur

zaun plus hecke vermitteln das gefühl
von der welt dahinter
magisch angezogen zu werden
und satellitenschüsseln positionieren sich zum stoßgebet

es wird nicht notwendig sein
wände zu installieren
aber wanzen in töpfen und lampen

am besten wäre es ein hotel am mond zu bauen
(speziell interessant für brandleger)
niemand müsste dort sterben wenn er
sie auch
zum fenster hinausspringt

wir wohnen nicht

wir wohnen nicht
    wir loungen
unsere möbelstücke plaudern auf französisch
    nur ungern mit uns
große sitztiefen mit leder bezogen hingegen
    laden mein hinterteil ein deines auch
poliertes aluminium schmückt und stützt
    das gestell
es musste so kommen dass du den arm um mich
    legtest
eines tages fallen die türen aus dem rahmen
    das regalprogramm ist ein hit
für nomaden mit losen elementen und gepolsterte
    skulpturen weisen den weg
zu großzügigen kopfteilen bei betten mit hoher
    bodenfreiheit da kann sich zur not
jemand verstecken und auch sonst viel verdecken
    in jenem kommunikativen eck

Heliotrop

zur zeit

die doppelhelix träumt vom träumen
die fliege träumt von ihrem schmerz
das hirn sieht rot wenn es rot will
ich will: ruf an
mann frau gefällig gibt zeit
rollen vor am anderen ende
gibt's dich wirklich
schweig dringend ruf still
stell die große frage:
was hast du vor
zur zeit ein rotes nacktes wort
ein bild von einem mann im hemd
von leitung ohne licht und ladung
schweig still ruf
rot wenn rot es will

was flügel hat

und ein satz macht sich auf die beine
über felder wiesen kreuzungen
leute sagen sie hätten einen blitz
gesehen laut dafür gehalten weiß
leuchtend oder blau irisierend
womöglich das lange bein eines
riesen daheim wird es fehlen ja
abgehen und das einbein wird
alles umsteigen womöglich schneller
als gedacht

Third generation

Mein Sohn sucht
den Sirius
am
südlichen Himmel
und
im
Eisfach des Supermarktes.

Er liebt die
Sterne wie ich
und greift nach
dem Camembert
wie seine Großmutter.

Seitdem
weiß ich,
dass das
Universum
endlich
und
der Mond ein Käse ist,
die Gene
aber
unsterblich sind.

alltagsspindel

die blutjunge ilona d. hat ihr sündteures hochzeitskleid das sie trotz aller bedenken im *trauteuch* nicht ausgeliehen sondern käuflich erworben hat weil sie neben ihrer tätigkeit in einer reinigungsfirma auch noch vier monate bei ikea kartonagen schlichtete gleich nach der hochzeit mit der ganzen verwandtschaft die alles in den schatten stellen sollte und manfred k. den sie in ihrer putztruppe kennen und lieben gelernt hat ziemlich eifersüchtig aber sonst liebt er dich nicht und er auch hin und wieder das heißt doch ziemlich oft ins glas schaute aber nur an wochenenden genauer gesagt nur an samstagen aber nie total ausfallend sonst eher ein braver und tüchtiger arbeiter rot färben lassen denn das viele blut das aus ihrer nase floss als ihr manfred k. versehentlich den aschenbecher an den kopf warf nachdem sie um drei uhr früh auf ihr zimmer das sie für eine nacht mit whirlpool gebucht hatten gegangen waren das heißt eher trug sie ihn und zwei freunde halfen ihr dabei und manfred k. dann naturgemäß seinen mann stehen wollte doch ilona k. sich außer stande sah irgendetwas dazu beizutragen sodass sie den zorn ihres ehegatten geradezu heraufbeschwor und bevor er umfiel besagten aschenbecher wuchtig und groß für starke raucher mitten in ihrem gesicht platzierte ein unfall jedenfalls war die nase gebrochen und das kleid ruiniert diagnostizierte der turnusarzt in der ambulanz der noch nie eine so schöne junge braut in ihrer hochzeitsnacht in einem solchen zustand verarztet hatte die zum trotz wie eine prinzessin aus dem märchen aussah und ilona k. nach dem krankenhaus zu ihrer arbeitskollegin flüchtete wo sie zumindestens eine zeitlang bleiben möchte und das rote kleid will sie im nächsten herbst als ballkleid im stadtanzeiger annoncieren und sie hofft mit dem erlös den angeschlagenen schneidezahn vorne rechts richten zu lassen selber wird sie es nicht mehr anziehen

Helden

Helden sind morgens nicht müde,
sie besetzen Aschenbahnen und ziehen
Endlosschleifen, tauchen Kirschen
in Cocktails, schmelzen bei zuviel

Nähe, umrunden die Venus, landen
am Mars, verglühen im All nur selten,
zerschlagen Mauern, stürzen in
Fluten, die reißen und toben,

sichern das Ufer und uns.
Manchmal weinen sie und
verstecken sich in geschwungenem Rot
mit gelben Lamellen, wir werfen ihnen

Worte zu und den Lorbeer, denn
wir brauchen sie, wenn der Tag
fließt und seine Wärme entwirft,
kommt ihr alter Mut zurück

und macht ihnen prächtige Beine,
von denen wir wissen müssten.

spielerei

in manchen nächten stapeln sich stöße
von wünschen möglichkeiten ergeben
sich mir auf den zahn zu fühlen
dein gesicht zu erraten

abseits des tages fällt vieles dunkler
aber licht zündet und dein auftritt als
dieb oder könig liegt in meiner hand

längst erwarte ich dich mit haut und haaren
erinnerung treibt kopflos heran krönt sich
mit abschied und auch von der größe her
passt zelle an zelle lässt sich deine

halbe lunge in mich transplantieren
zwischen drei und fünf uhr morgens
schlägt sie am stärksten und bündelt
die liebe

die sache mit der liebe und den leeren stühlen

meine harte eugenie hatte sechs sessel und keinen mann
aber ohne an die liebe oder an ihre unbezogenen sessel
zu denken ging sie nicht vors haus obwohl ihr die tür
einladend entgegen kam ein gabelstapler draußen seine
runden zog und auch das restliche mobiliar ließ zu
wünschen übrig

Morgen Grauen

tautropfend sammle ich
meine glieder ein.
am oberen handlauf
fehlt noch der daumen.
schon falle ich wieder
stürze aus träumen
zerplatze
vergieße mich bleiern
auf tönernen treppen.
in meinen schuhen
erwache ich
aufrecht.

Spuren ziehen

Ein Rucksack aus Segeltuch
mit
rohen Eiern gefüllt
und
festgezurrt
ist mein
schweres Glück
das du
vor dir
herschiebst
ängstlich bemüht
keine gelbe Spur
zu hinterlassen
die klebt und glänzt.

will nicht vergehen

die nacht ist seit längerem ein fall geworden
        schwer fällt schlaf und spät
gedanken meißeln geißeln unablässig
        einmal in tanger ansässig
in der mandschurei dann hirschkuh mit
        geweih
auf einer lichtung in hawaii samt
        jägermeisterkreuz im nacken
und kakerlaken in bel air und blitze
        flitzen durch alle ritzen meines lakens

ich bin fremd in meinem bett
        und jetzt kein wort mehr über die dunkelheit

fußstapfen

noch sind die tage
mild und verlockend
bewegung! bewegung!
ein brunnen mit armen
voll wasser aber es fehlt
jede weitere spur
hubschrauber kreisend
sechs jahre später ein
knochen mit schuh wo
sonst niemand geht
nur tote lawinen
lawinen aus stein
kann sein
oder anders gelaufen

wäre gewesen

es geht noch immer tiefer denk ich kleiner
hals über kopf über knie die füße baumeln
übers gitter kopfblut schwirrt nach vorne
zittert wie kolibris auf lidern bezaubern
mich die unschuldigen fesseln die mir
entgegenwehen nehmen mich ein im flug
armfüßler luftwurzler sie kennen mich von
früher die vasen am gang alle stundenschläge
des tages ich umfasse sie mit beiden händen
welche anmut

Trinität

beliebige konstellationen sind erlaubt ja erwünscht:
halbiert geviertelt dreigeteilt oder mundgerecht

sämtliche körperabschnittspartner werden beäugt
und auf wunsch geordert

abgehangen der alte diskurs über die dreieinigkeit
die alles möglich macht oh wie lacht

vage variable sind im spiel oder doch nur immer
das eigene ich dreimal gerechnet und überschlagen

wir aber werden konkret:
ein auge ein ohr ein göttlicher mund

kollektivkehlen aber rufen weiterhin
nach pathos und dem hund

sog

dort ist wo die flugzeuge
hinfliegen und dein finger
folgt fernen gebirgszügen

in mattem grauweiß während
das eindeutige signal deiner
handbewegung gelbe streifen

am asphalt zieht kippt die richtung
um gibt es kein halten mehr
hin und wieder werden botschaften

wie banner über uns kreisen
sagst du zum abschied und bilder
ohne titel werden dort versteigert

spielräume

liebeslandschaften bewahren kühlen kopf
            und führen wahrhaftige menschen vor augen
in realen räumen werden requisiten lebendig
            bestehen darauf aufgeführt zu werden
wasser summt dazu die apokalyptischen reiter
            spielen wildwest unklar ist weiterhin
wie lange zwei atome zusammenbleiben

orange

eine junge kopftuchträgerin
zieht augen aus minenfeldern
voller blicke trägt sie einen
langen sehr langen rock
darüber die alles verschüttende
jacke mit gürtel
sie trägt orangefarbene turnschuhe
ohne zu turnen ohne auch nur
einmal aufzufallen oder hoch zu springen
das wäre mit diesem rock auch nicht möglich
ganz und gar unmöglich
gänzlich zu schweigen das schwarze
kopftuch ist schwärzer als alles andere
zieht alles in sich und ist doch
gleichgültig wie sizilianische orangen
oder wachauer marillen ich glaube
unter ihrer jacke steht ein reifes
tulpenfeld in flammen

schöpfung

zuerst war so ein gefühl
dann war auf einmal nichts
dann war auf einmal lange nichts
und noch länger nichts
dann kam ein gott und sein gefühl
mit allem was uns hoch ist noch höher
noch mehr sonnen und monde
löcher und zwerge es hört gar nicht
mehr auf zu blitzen und zu werden
mützen wachsen über den tellerrand
schlüpfen aus es bewölkt sich sonnenklar
dass er oben und unten rechts und links
erfand überhaupt alles bart tage taube
geier später schaltjahre geschaltet
verwaltet die kriege aber am achten tag
kamst du zu mir am neunten waren wir
schon vier hex hex

Konjunktiv II

durch die spalte der tür
leckt der tag meine hand
ich geb dem affen zucker
er streut ein rot in die wunde
meines vergessens und
schaufelt meine träume beiseite.

hättest du mich doch schlafen lassen!

high heels im schnee

1.
phönix und drache bringen glück
im goldenen stern klappern die
sätze wie gesprungene teller gehen
in deckung läutet das
handy im lauf an den hut das herz
in die hose gesteckt lippenstift lang
wird bange gefunkt namen zahlen
gestern und morgen und tee hitzt den
mund auch die zehen kriegen was ab
von der küche den hund

2.
phönix und asche bringen schnee
hohe stöckel geizen mit reizenden
überbeinen nicht sind aber wegen
ihres fruchtbarkeit signalisierenden
hüftschwungs sehr begehrt

3.
der urologe hält
nackte füße im winter für absätzlich
nicht gesundheitsschädlich frauen die
zur blasenentzündung neigen rät
er davon ab

4.
glück und schnee wie leicht bricht glas
gips füßchen
in honig getränkt
mit mandeln

… die sie für nächstes jahr erwerben sollten

wir arbeiten daran unser anliegen
ist die aufhebung des doppelten bodens
an firmenstandorten

betreiben wir offensiv ihre rückendeckung
zu lasten des sprachtelefoniemarktes
den wir zur gänze zu ihren gunsten
übernehmen

unsere handlungsanalysen lügen nicht
schon eher sie aber nicht ihre taten
wir schenken ihnen

freiminuten und dazu das neue
knorpelschutzprogramm damit sie sich
mit ihren bedürfnissen noch besser
identifizieren

können aber schließen sie nicht
von sich auf andere signifikant
aktivieren wir ihren start und
sie sparen

doppelt wenn sie jetzt kaufen
awards winken in kompetenzzentren
auf weingütern und tierfarmen

laufendes leben

möglichst weit in wunschecken
          zurückgelogen und abgewartet
was nicht ist kann nicht werden
          aber nähe und ferne weggeliebt
und allerhand dazugewonnen
          gelernt fürs leben das kommen wird
später vom tisch in den mund gelebt
          möglichst weit aus dem fenster gelehnt
draußen pfeifen die alten spatzen und neue kanonen
          von den dächern fällt schon wieder der sturm
hasen werden aktiv und zerreißen die schüsse des jägers
          sein fersensporn macht ihm zu schaffen
die zeit ist überhastet abgereist

Parmalila

selbstportrait

nase mund und großer zeh
im blick die üblichen verdächtigen
kopfstellungen und allerhand bei
schiele gesehen lunge herz
rippen federn auge ganz hell orange im
ohr rumpfarmig ikarus oder kreuzbalken
ist die frage ich komm dem fall entgegen
im ganzen gewendet
geöffnete zeiten finde im vertikalen
wie im horizontalen keine entsprechende
wohltat die vorhergehendes verleugnen
könnte vielleicht wünsch ich mir flügel
und noch mehr wunden oder morgenwände
behangen mit klee vielleicht
aber balanciere ich im garten
auf dem brett vor dem beet
in der hand nichts weil
sie fehlt und mir leichter ist

die frauen von antigua

für ein paar dollar
die berge bunt bestickt
gewebt den see
glatt gestrichen
gesichter blättern ab
vor mauern
schicht um schicht
in mächtigen kirchen
wird für sie spanisch geboten

mein blaues mehr

wo bleiben unsere guten jahre
wenn die tage blasser werden
und weniger nicht gefragt ist

angst

im roten bereich
rankt sich mein
alles-was-fleucht
windet mein blut sich
schlägt sich nieder
im kopf
man könnte auch sagen
der pegel steigt an
es strömt
bis es tropft
und niemand tritt ein

der innerste kreis

sie reicht ihre arme herüber zu
rotgold titan und schwarzem leder
sprunggelenke krachen soweit es ihr sitz
zulässt schlägt sein atem die stunde vor ort
schlag auf schlag vermessenes chrom
prallt gegen momente
ihre uhr tickt hörbar
nach

wechseljahre

ich werde mir wieder einen kleinen radio zulegen müssen
in die küche stellen die müdigkeit noch in den knochen wie
früher eine spanische bar samt türvorhang aus klingenden
ketten mit musik am frühen morgen die dämmerung beenden
mit musik beginnen den tag vor der arbeit loben die zeiten
sind vorbei ich werde die musik im morgengrauen wieder
zu schätzen lernen mir aufdrehen mich einstellen den atem
üben mich einüben die zeiten werden vorbei sein wo erstens
die kinder da sind zweitens der geschirrspüler drittens die stille
knackt und rauscht heller und immer heller zur tür herein
die plüschschlange sich im vorzimmer ringelt

tausend und eine

er erzählt satz und sieg
und hellt die nacht
von goldenen toren
silbernen türmen
von bronzenen löwen
unter gleißenden monden
wird tief gedacht

sie spannt ihren diwan
westöstlich gerichtet
umschifft wasseradern
und steckdosen ihre
eierstöcke schmerzen
ihre mobiltelefonrechnung
raubt ihr den schlaf und
seicht wird geträumt

ansichten

am ende wird ein beleuchtetes fensterkreuz
das in einer dachschräge hängt und den
weißen arm einer frau vor milchigen fliesen
zeigt der letzte akkord des tages gewesen
sein wie immer das stück geheißen hat

wegzehrung

mein inkaweizen blüht und blüht
mein reis in salzwasser quillt
mein korn klebt am gaumen
und blüht noch üppiger
als vor neuntausend jahren
in töpfen ich schnitze schalen
aus löwenzahnköpfen und schöpfe sie leer

o-ton

wir sahen uns bei einem abendessen
oder später per zufall irgendwo
in der menge wie in filmen kreuzen
sich blicke und paare kämpfen
statisten mit kreislaufproblemen
mit vorliebe wird auch in der u-bahn
gedreht und künstliches licht
leuchtete uns eine abfolge von stehen
sprechen schweigen essen schlafen
arbeiten erzeugt
jenes gefühl das wir leben nennen

jahrestage

eine zeitlang legten wir nasse tücher
vor unsere haustüren und putzten
energisch unsere schuhe
tranken keine milch aus schalen
aßen keinen salat aus schüsseln
vergaßen kein fenster zu schließen
ließen die kinder nicht im sand spielen
überhaupt nichts ging mehr im freien

und doch war ein herrlicher mai
der nicht aufhören wollte zu glänzen
und strahlen zucchini im juli prächtig
gedeihen ließ und der wind hat uns
ein lied erzählt von der guten alten zeit
plaudert immer noch sofort von polnischen
pilzen fernen wäldern in seinem versteck
hortet er knallfrösche und andere tage
eine zeitlang werden wir sehr beschäftigt sein

umleitung

glasklar sieht leben anders aus
zumindest die straßenschilder
und niemand raubt dir den verstand
außer du selber wenn du gewillt bist
zu glauben dass hitze sengt in
wirklichkeit löscht sie die kühle
und tötet die fliegen zuerst

ausziehen

leere wohnungen sind trostlose höhlen
aber auch nicht besser mit transistormusik
geplärrt gerauscht und gefiltert herbeigezerrte
worte die hallen großreden wände bebildern
vorräte sind noch im keller premium bananas
in bewährten schachteln zum umziehen und
können nicht bleiben nicht ein stuhl mitten
im zimmer es zieht mäntel an auch matratzen
am boden sprechen von abschied zelebrieren
den körper in position flach gelegt die beine
gekreuzt der raum war nie größer vorbeigedacht
die jahrestage und verflogen

empfangen

mein betreten verzögert schwereres
nichtsmehrwiefrüher schlägt mir
entgegen holt sich das
jetztzeitspektakel direkt
ins zimmer sekunden in
echtzeit spulen sich ab
geschichten kleben am
bett und am kasten und
vortasten ist kein spiel
mit hängenden armen
ist nichts zu umfangen
ich wünschte ich wäre hier

projektionen

sich immer wieder selber begutachten bespiegeln
belauschen im morgendlichen frühdienst
der gefühle auch abends nicht anders aber besonders
hinter theken fleischbänken obstständen
brotkörben kosmetikschachteln wie sitzt die wange
heute im gesichtsfeld die ware hoch zu türmen
geschlichtet ecken dunkle geschäfte lauern mit
spiegeln voller licht und kristall präsentiert
die schokoladenseite der unlust vernommen diverse
gelegenheiten mit sonderangeboten schon
wieder verspiegelte schlafzimmerschränke und
generell die fronten von geldinstituten
die wir mit unseren ein- und auslagen in immer
größere bespiegelung getrieben haben

angenehmes wochenende

wie im haus
die bilder von den haken stürzen in aller stille
der putz blasen wirft ganz von selbst die nässe
aufsteigt die nichts hindert der boden wächst
das mobiliar zerschlissen und nichts ist wo
es einmal war ein angefangener brief die teig-
schüssel noch da etwas mehl darin oder auch
dahin und staub und laub vor dem kamin ein
geruch von gärenden birnen hängt an den dingen
das gefühl wie benommen oder doch fremd hier
bekannt das rosa klopapier das rollt wenn man
es ließe der blick aus dem küchenfenster ist nach
wie vor paradiesisch

Traumtänzer

mein tod
tänzelt
drei schritte
hinter mir her

auch wenn er
keinen schatten
wirft
ist er
da

manchmal
kokettiere ich
mit ihm schaue über
die linke schulter
in meinen
toten winkel

werfe ihm
eine blume zu.
Ruhe sanft,
kleine Aster!

manchmal
bleibt er
zurück

delektiert sich
am schmelz der jugend
an den

langen beinen
junger radfahrerinnen

manchmal
inspiziert er
die handtaschen
alter damen.
studiert
gebrauchsinformationen
in medikamentenschachteln

aber immer
holt er auf.
der treue.
meine zukunft
treibt ihn voran

und
zuverlässig
wird er
mich
von kleineren leiden
kurieren

Dortmund

möglicherweise
wird
er
alles verlieren
seine frau
seine kinder
seine arbeit
sein haus
seine freunde
sein auto
seinen hund.

er hat
in der
ersten ziehung des jahres 2004
den 9,1-millionen-euro-jackpot
geknackt.

kein wunder,
dass er sich
noch nicht
gemeldet
hat.

er weiß wohl
von seinem
unglück.

Tuschschwarz

Krähen

Natürlich
weiß ich

dass die
schwarzen
Krähen
im
Märzgeäst
keine
Vögel
sind,

sondern
meine
Träume
am
Nachmittag.

Ich deck dich lieber zu.

philosophikum

jetzt
oder
nie

lieber nie

Verschollen

höchstwahrscheinlich
erinnerst du dich nicht
an dein leben dein sterben
die schwere deiner schritte
den duft deines kindes
du bist einfach nicht mehr da

füllst keine keller und kirchen mit frischluft
keine gläser und flaschen mit röte und licht
statt frühling und herbst in schränken und truhen
ein mattes nichts

willst auch nicht der schwarze schnee sein
die fremde nähe das beredte schweigen oder
das mutige klischee und der stumme engel
erst recht nicht

wenn du wenigstens hin und wieder die tür
ins schloss fallen lassen könntest oder
dein name fiele
wäre uns allen geholfen!

Stigma

Da unten
am Teich
hängt ein alter Kahn,
krumm in versunkenen Weiden,

leckgeschlagen, mit Moos
verbunden die Wunden, sonst bloß,
und schwarze Blätter
an einem Ast.

Enten ziehen enge Kreise,
grüne Wasser
schaukeln waagrecht
im Lot,

die Aufschrift am Plastik-
kübel ist rot:
Krautbauers Sauerkraut,
und er dreht sich ganz leise.

Alles ist
ruhig
auf meiner Haut,
keine Wimper zuckt.

borderline

wie alter wein ganz alter sehr *edel*
überaus teuer fast überteuert fast
vergoren er korkt lange zeit
zu lange gelüftet bisweilen
alttestamentarisch die finger
verbrannt besessene stein-
reiniger einbeißer oder
alzheimerisch verkocht
verkorkste eiche im schlaf-
zimmer aber vorbei ausgekocht
hat es sich manchmal schlucken
schluchzen sie dich runter
mit haut und haaren ab in den
spind gewürgt bessere tresore
mit den signalorganen den
lustigen ohren nasenbären
gaumensegeln wie brustwarzen
eingelegt in vitrinen voller formalin
klitoris schält sich im nähkästchen
da sei wer immer vor natürlich
halten wir unsere zopfbilder
fest in erinnerung die gerahmten
obershäubchen schön weiß gespritzt
den bitteren regen schon lange im
griff den verkohlten ofen im rohr
in allen löchern haben die jahre
tang angesetzt aus teichen und
wiesen steigt er aber türstöcke und
narren sagen die wahrheit in
wirklichkeit sind wir nackt wie
fußböden und weicher als

marmor und kalk
zusammen

halb so schlimm

an manchen tagen gern überlebt
leichteres vermieden dann wieder
mühsam aufgetaumelt diversen

kummer durchgestanden
auch den kleinen der kinder
fragen klagen tasten lindern

der magen brennt trotzdem
früh morgens nach hansaplast
und der stabheuschrecke suchen

dem karierten hemd ich
werde buchen heute noch
und weg

ode an die jugend

begnadete messerwerferin du
zielst genau und triffst direkt ins herz
von alten säcken gewiss sind
wir wie schwarze löcher die sterne zerreißen
verschlingen mit hängegesichtern dämme
bersten jeden tag neu immer zu alt für uns selber
kein gutes ende zeichnet sich ab uns ist vieles
vergangen vor allem die jahre hochrechnen können
wir noch ganz gut dass kinder 400-mal lachen
pro tag ist hoffentlich genug was die zukunft betrifft
sie gehört uns nicht paradiese von morgen
treffen nicht zu wir werden fündig in eigenen reihen
und husten bei mäßigen stücken wenn wir
dorthin gehen wo wir hergekommen sind dann gnade
uns gott alt ist nicht lustig vergiss es

schöne dämonin litfassgöttin
ernsthaft bauchfrei die jungarme hochgestampft
zum schrei flatternde vorsätze fliegen vorbei
scheiße mann scheiße
die stirn bleibt bedeckt oder frei

aller seelen

in schwarzer gärtnererde neben den gelben
chrysanthemenköpfen entdecke ich plötzlich
ein wirbelchen einen wirbel einen wirbel-
körper wie aus dem lehrbuch für naturgeschichte
zu mir spricht ein lehrkörper mit bröseliger
erde halb bedeckt wie brotkrumen auf dem
abgegessenen mittagsaltar sind übrig geblieben
die jahre und haben sich zentimeter für
zentimeter zu mir hochgearbeitet
auf den tag ungenau ein lebenszeichen
was 30 jahre alles schaffen aus mir machen
strecke ich mich entgegen und besehe

blue hour

da hinten türmen sich dunkle wolken übereinander
        gewitter geladen oder ist es die nacht
wut angst alter ganz und gar ungemütliche gesellinnen
        am ende der straße aufgetaucht
schon gestern rückten sie mir an der kassa des
        eurosparmarktes viel zu nahe
das licht fiel aus und ihr geruch verschlug mir den atem
        auf nächste abende überhaupt
aber beim schweigen viel gelernt jahre vergehen im flug
        während minuten bleiern lagern

Notturno

an der tiefsten stelle der nacht nach metaphern tauchen
knie nieder oder kämpf dich durchs unterholz das kleid
zerrissen einen schuh verloren und auch sonst einiges peitsch
dich durch äste und riffe was tust du hier im kegel der
taschenlampe wächst das licht pilzlinge ohne
namen oft mit hut dünnstängelig wiegen sich vom
mond gekalkt bei klarem himmel durch moos
stechen blüten ziemlich kleinblau mit weißem kern
und eine kolonie von schlüsselblumen ausgesetzt codiert
die kindheit sperrt sie auf oder zu nach belieben
wurzeln wie arme bereiten den boden für alles was noch
kommt zunächst zivilisation mit grünen scherben
dazu ein stück buntblech die ränder gezackt wie messer
darüber ziehen blauschillernd käfer krebse und
larven bernsteinaugen wachen von oben bestaunen die
evolution täglich aufs neue wenn du genau schaust
findest du im dornengestrüpp himbeeren und brombeeren
rot wie blut iss dich lieber satt schwarz wie ebenholz ist später
die zunge.

venus

genug haut verbraucht
um blau geklopft
zu werden griffiger
fleischfarbener
striemen klebriger streifen
blüten auf orange
weichherzig zeigt sie
ihr futter

Vorboten

zuerst dachte ich drei große schwarze
doggen hetzen um den häuserblock fallen
einander an lassen voneinander ab in

wirklichkeit fliegen drei dunkle engel
durch die straßen die flügel auf halbmast
geschwärzt die körper in asche vernäht

die arme zu düsteren schwingen gespreizt
der heilige schein hängt wie rauch über
kantigen köpfen nur die gesichter sind

hell und erloschen wir wissen der schein
trügt eine schwalbe macht noch keinen
sommer fürchtet euch nicht es kommen

himmlische tage.

dieser abendhandel

meine heißen eisen blühen
handschuhe werden endlich rar werden
wir glauben an die märchenerzähler
südlich des polarkreises deshalb gib mir
deine glühwarme hand wirf die asche
in den späten fluss kommt der große
drache und frisst uns samt der kohle
schnür dir die schuh

Muttertod

Je näher
der Tod
meiner Mutter
rückt,
desto dreister
gurren die Tauben,
abschiedsgestählt
jubelt der Schmerz,
hoch geworfen,
er zählt das Lachen,
ein
Irrer.

Langsam
löst sich
das Band
zwischen
Himmel und Meer,
weht eine Weile
und
fällt dann,
verwaist,
zur
Erde.

kult

manchmal wünsch ich mir
ein exil in mosambik
und endlose sandstrände

ausgegrabene ahnen werden
dort jährlich neu eingekleidet
die geputzten knochen fein

säuberlich wieder bestattet
die träume vom einfachen
leben

immer montags

seine worte begleiten sie den tag über
fahren mit ihr lift berg und tal treffen
entscheidungen an der tankstelle: welches
benzin kaufen mit ihr ein: milch brot
zeitungen sitzen ihr gegenüber stibitzen
von ihrem teller sätze mit den schönsten
verben sodass sie ihm später nur stumm
antworten wird und schon bricht die nacht
auf will nicht brennen und sie sagt dann
doch nichts mehr

anschreiben

ich schreie gegen die zeit an oder ist es die wand
sie nimmt anlauf in gläsern zittert schon das wasser
er sie es wird auch gebraucht ich schreie so gut ich kann
so laut ich kann also aus leibeskräften andere stimmen
und stimmenimitatoren scharen sich um mich ein chor
von wölfen stimmt ein mein schönstes archetier
schnell und wendig gegen die zeit oder die wand
zu halten bedeutet in wahrheit nichts oder die ewige leier
die heult aber sekunden zählen ich denke auch an etwas
riesiges großes aber sonst unbekanntes das böden
von küchen und kellern unterminiert wie raketenwürmer
u. ä. keine lust den fuß zu verankern und wieder nichts als
treibsand wandernde schuhe bekannte stürme werden
an toren rütteln und wieder nichts als strände mit treibgut aber
felsen und trümmer mit macchie überwachsen sind bessere ziele
für rasende jahre jedenfalls dornig dorniger ich bestehe
auf meinem atem und von hand verlesenen stunden

handwerk hat goldenen boden

schneiderpuppen leben länger
beim türken um die ecke
steht noch eine
grätscht die beine
lässt ein trauriges lid
hängen

ewig locken

man wird älter
nicht mehr jung
alt kommt später
wie im äther
mir wird kälter
in jedem falle
für das alter
gut erhalten
für den alten
reicht's

Asyl

Im Augenblick
des Todes
wird
die Schwärze
in deine Pupillen
kriechen
wie ein waidwundes Tier.

Du gibst
ihm
Zuflucht.

Einen grünen Himmel
wirst du
nicht
entdecken.

Statistisch gesehen
sterben
die meisten Menschen
im Krankenhaus
sehr diskret
in eigenen Kammern.

Wahrscheinlich ist,
dass eine
Infusionsflasche
über dir baumelt,
der Arm eines Gestänges.

Unwahrscheinlich ist,
dass dir
jemand
die Hand hält.
Die Schwester
oder dein Kind.

Beruhige dich!
Du wirst
keine Schmerzen haben.
Haare und Nägel
halten länger.

ungewiss

elenden fußes aufgewacht
nur dagestanden
die hängenden gärten wie
arme gesunken im satz
noch trüber die luft
voller stunden
aber gehen fällt härter
als hagel von oben
zum verweinen schön
der tag im regen
er wartet nässt
haut und haar

hardcore

wo blut pulst
den langwelligen wundrosen
seltsame tiere verschlossen
in inneren zirkeln
bahnt sich duft an
aber tafeln mit einbahn
stehen fest

du sollst
wie dich selbst
wie du mir

Torso/römisch-griechisch

was da
auf mich
          zukommen wird

auf uns
          alle

auf dich
          auch übrigens

vielleicht
nicht ganz
umsonst
gelebt

Purpurweiß

im gegenstrom

hasten fische blätter mehrwegflaschen
fliegen mücken menschen und perlen
von wasserbällen geworfen von gischt
neu gedrehte fontänen vorbei
geballte ladung gebrochenes licht
steigt empor versprüht sonnenwärts
energie im winter dagegen suchen
eisgefangene forellen in klarsichtfolie
verpackt ihre stromschnelle
und ruhig liegt der see

klassiker

ein liegestuhl aus dem vorigen jahrhundert
        frauenwerke männerakte
grundsätzlich alles was schultern und beinen
        trost und schatten spendet
und platz auf dem grünen rasen findet
        im herzen gepicknickt
und deinen schirm aufgespannt
        ein traum von einer blumenschere
mit olivenholzgriffen kann durchaus der traum
        von einer blumenschere mit olivenholzgriffen
sein
        glaub ich

hölderlins birnen holzig

die hälfte von dir bin ich nie gewesen
          die berühmte andere erst recht nicht

mein halber mund hat nie ein viertel lied gesungen
          gefroren hab ich genug beim eislaufen

gott behüte meine fünf sinne oder gibt es sechs
          mit halbem gesicht nie durchs halbe leben gegangen

betrogen am halben tisch nicht das halbe gegessen leider
          aber das halbe nichts mit dir getrunken
          ein achtel des ganzen

zweite fassung

warum immer hölderlin frag ich mich
der im besten metaphernpersonal
herumgeistert und holz wie nichts
bewegt turmbewohner stockbesetzer
unruhstifter schulter an
schulter mit anderen brandstiftern
zur unsterblichkeit verdonnert wie
verdichtet mach die tür zu
oder auf

er starb ohne schmerzen

gehobene küche

im traum turnt er von den glocken
des heizkraftwerks bis zu den
schloten maria plains schlägt

luftige salti spinnt fäden erlesener
landschaften von ausnehmender
anmut und frische ordnet die

teller zu windsbräutlichen türmen
fliegen seeteufel auf feinstem
ragout aus lauch und gemüse

getrüffelte süppchen mit
hauben bedacht begleiten
den höhenflug feingliedriger

wein klettert in gläsern
wenn sussitz kocht

jahreszeiten

halblange tage wollen zu ende erzählt werden
          wie einer ausgezogen ist
um sichtbarer zu werden und er doch nur
          verschiedene farben aufgetragen
und gründlich vermischt hat selbst wasser
          luft und dampf haben ihn nicht umstimmen
können mehr von sich zu sagen und
          stein und bein vor die tür zu setzen

jack london lernt das wellenreiten

beim durchblättern eines magazins
es war ein abend wie jeder andere
glaubte ich noch irgendetwas ent-
decken zu müssen einer blickrichtung
zu folgen die mir entgangen war oder
entgegen kam auf halbem wege vielleicht
mit diesen geröteten blickwinkelaugen
durchmaß ich im schnellen rücklauf
die seiten meiner erwartung stieß bilder
und buchstaben vor mir her ein gänzlich
ungewöhnliches schleifen und zerren
entstand ein flimmern und rauschen als
zöge ein blätterwald an meinen fenstern
vorbei einzelne absätze meines gefühls
unterschlug ich zurecht wie sich zeigte
bis mir plötzlich ein schwall geschichte
entgegenschlug

nur ein text mit bild ein kleiner
weißer mann mit frau und zigarette
wer zählte die verflossenen wellen bis heute

im hintergrund schwarz-weiße sträucher
etwas palme links auch wasser
leckte heran aber nicht so wie später gischt

und getöse beschrieben werden die blässe
und ein schirm waren 1915 unerlässlich
wenn strand dann mit schirm

wenn krieg dann mit kanonen und
kostümiert in der sonne von waikiki standen
damen generell mit hauben aus batist

beim meersehen im sand jack london von
vorne relativ breit nur haar und sepiafarbenes
trikot wem gehört die welt dem stolzen

kanaka höchstens das kanu aber niemals
tristans letztem kampf mit der see nur ein
gedanke ein morgen für später

charmain london war eleganter schlanker
von der seite abgelichtet ihr linker arm ruht
auf der hüfte rechts von mir aus gesehen

der unverzichtbare schirm über der schulter
gelächelt wie singing in the rain charmain
auf waikiki die zeit wird auch

die bänder ihrer pumphose lösen

Dichter heißen anders

Sie leben anders
und sie lieben anders.

Sie kleiden sich anders
und wohnen anders.

Auf ihre Bildschirmschoner
haben sie groß ANDERS geschrieben:

Sie leuchten des Nachts
und essen abends nur leicht.

Sie sprechen anders
und sie schweigen anders.

Sie nicken und sagen
nichts oder schlagen die Augen nieder

oder schreiben mit roter Tinte
auf weißes Papier:

Schreiben macht glücklich, oder
ohne Schreiben wäre das Leben ein Irrtum.

Oder einfach:
SINN!

Womöglich müssen sie
auch noch anders
ihre Steuern
abführen.

Adelheid

Es gibt
noch
Wörter,
die
maßhalten
gutschreiben
mitteilen
aufrütteln.
Sozialtopf, Sportstaatssekretär, Megapack, Gutmensch,
Bürozelle, Home-Entertainment, Edelstahlweltmarktführer
gehören nicht dazu,
Adelheid!

Über die Unmöglichkeit der Gleichzeitigkeit

Du
bildest
dir
ein
mich
zu
lieben.
Ich
weiß
es
und
geh
trotzdem
nicht.

auf rosen

alle rollstühle sind zu groß für mein kleines winziges
was hier sitzt und näht mit der einen hand wie pergament
die haut aus plissierter chinaseide die papierserviette
zu groß für den polster aus damast und spitze was soll
es werden was soll er werden wenn er will sie will noch
einmal auf weiß gebettet werden

tag der stille

um der sonne zu entgehen heiß wird es werden
            die hitze singt am vordach lange schatten
greifen hoch gierig trinken die hunde
            und paddeln im gras

wir schwelen im augenblick wie ein stück blech im feuer
            schwirrt in der glut auf und zerteilt pläne
die im zenit hochgefahren sind

im frosthauch der klimaanlage schrumpft der mittag
            gefrorene früchte schmerzen im mund
und wieder gibt es keine fluchten aus dem paradies

als die aussicht auf kürzere tage und blitzende arztstühle
            in weißen praxen

back-stage

schön wien ist auch schon da
wie leicht sich dort die silben heben
leute stehen und reden auf stiegen
möcht kommen weil ich sehen will
wie damen blumen kriegen
ganz zum schluss füllt kamera sieben
die letzten sekunden sie weiß was alle meinen
wäschelos im engen kleid ist nachzutragen
und schwarz wird vieles klar
nur blöde fragen sind im nachhinein tabu

recycling

ich misstraue
den
ausgeweideten wörtern
die in
tadelloser verpackung
wieder
auf den markt
geworfen werden
viel zu gerne

es tut mir ja so leid

schattierungen

nichts wird geschehen
das weiß wird noch weißer werden
die wirbelsäule fällt dorniger zurück
runder fließt der mund fort
schwimmt im auge die wange tränt
und dunkelt später ich weiß auch
keine antwort darauf

Austergrau

stadtrand

erzähl mir von heckenvögeln die wie
nichts loslegen vom schweren ton
der kolben vom grün das grau
gesprenkelt pinkelt und blassblau

grüßt der erste flug nach frankfurt
ich sitz zu haus
erzähl mir von den großen märkten
die neue brunnen sparsam sponsern

steht der tropfen höhlt den stein
gehörig aus und köpfe voller waren
tauchen auf und unter
erzähl mir von den vollen kurven

durch die pralle busse schlittern
räder fliegen mit und menschen
driften seitwärts rückwärts stadtwärts
weg im gegenzug trag ich deine

alten lieder auf: der maler malt
der müller müllt der fleischer
fleischt der tischler tischt der bauer
baut der bäcker bäckt am morgen

warmes duftendes licht

wünsch dir was

immer dieser große graue berg
er ruft nicht
er steht da
ich möcht ihn bedienen
wie auf schienen
ihn verladen oder begraben
und erst das alpine klima
und sie
können sich kaum vorstellen wie im winter
meine couperose
blüht schöner als die kletterbohnen
also eigentlich
möcht ich hier nicht wohnen

Abgebrochen

im täglichen gebrauch bietet sich verkommene nähe
wärmstens an
blockiert die anschlüsse im vorderen gehirnlappen links
oder anderen

arealen die stetig mitschwingen in ständigen gedanken
flügen aber nie
zu ende gebracht gesungen geliebt auch nicht gestanzt
in leber oder milz

letztere wird nicht zum leben gebraucht
aber zum sterben reicht es.

Vorstadt

I

alleswisser a. der im dritten block vom chinesen aus
an der ecke vorne links gerade und dann beim
schlecker vorbei an der kreuzung rechts noch ein
stückl weiter das ist das lila gebäude das jetzt neue
fenster und türen bekommen hat rechter hand
wie gesagt im siebenten stock wohnt
spuckt gerne auf besserwisser b. hinunter
aber der merkt das nicht
weil der wind die spucke verweht

II

nichts ärgert die bedienung in der *margarita*
mehr als wenn man sie fräulein nennt sie ist
die frau hertha und aus basta
und das will sie auch bleiben
obwohl es im eissalon unheimlich zieht

III

klein k. flitzt mit dem scooter so rasant um die ecke
dass der alten t. der kopf vom hut fliegt
das wäre nicht so schlimm
wenn sie nicht auch noch hingefallen wäre
und klein k. einen schock bekommen hätte
sagt die großmutter grimmig
und außerdem ist die alte zezn selber schuld
weil sie immer ihren kopf woanders hat
und keine augen im hut

IV

möchtest du vielleicht hier wohnen
sagt die nordic walkerin zur anderen nordic walkerin
die eigentlich keine richtige nordic walkerin ist
weil sie schistöcke hat
und keine nordic-walker-stöcke
die man aber vorne beim hervis
über dem interspar
in aktion jetzt günstig kaufen kann
und neulich hat sogar der assinger
dort autogramme gegeben
wo sie jetzt auch die nordic-walker-schuhe um 30 %
heruntergesetzt haben
und der assinger noch fescher ist als im fernsehen
sagt die erste

V

wenn die städter nach getaner arbeit rechtschaffen müde
im frühsommer
noch frische luft schnappen und hinausgehen
auf die felder und wiesen
die es ohne den dort ansässigen flughafen
gar nicht mehr gäbe
sehen sie die geschiedene frau des flughafen-bauern
der auch das milchparadies beliefert
auf dem traktor sitzen samt anhänger
und sie gibt soviel gas
dass es staubt und rumpelt
man glaubt
dass sie gleich umkippt
dabei will sie nur die große wiese mähen
bevor es dunkel wird
morgen ist schönwetter angesagt

und sie ist recht spät dran
weil sie beim arzt vorne am zeppelinplatz arbeitet
das ist ihr lustiger sagt sie
und außerdem heißt es
wohnt sie auch noch am bauernhof
hin und wieder

VI

kein wunder an wochenenden passieren die meisten unfälle querschläger brände hat mensch zeit um sich genügend tot zu schlagen aufzufeiern mitzutrinken und weiches duftendes fleisch wird an sommerabenden schwarz gegrillt auch gefährlich und ärgert die nasen der nachbarn sofern sie nicht mitessen in kleinstgärten auf beladenen balkonen bei regen indes kommt häufig herr herbert der fliegende pizzamann günstiger zwischen 15 und 21 uhr verdient sich einiges dazu kennt diverse tricks bei der bestellung bietet scheinheiliges tiramisu extra an ist mädchen für alles und sein chef ist zufrieden seit kurzem hat er chickenwings im programm plus pommes und nachos aber eile ist schleunigst wenn herr herbert die falsche gasse erwischt schwitzt er ohne ende prompt und heiß ist gefragt manchmal auch scharf aber keine artischocken für pensionisten auf der pizza wundert ihn nichts mehr jeden freitag geht er zum haarschneider der äußere eindruck ist alles sonst wohnt er noch im männerheim nicht mehr lange sind alle überzeugt

VII

in dreiecksgeschichten stirbt immer der dritte nur im richtigen leben bleibt einer über oder alle oder keiner das ist auch bei paaren so üblich aber häufig wird heftig gestritten um beste plätze gerauft um das geld und die kinder das fernsehprogramm die bedienung der knöpfe im haushalt und wieder ein samstag an dem mittags die hunde wie wölfe heulen sirenen nicht nur eine schlagen an wozu werden wöchentlich katastrophen geübt mit ausdauer kriege eingeläutet und anschläge penibel vorbereitet weiß sie wirklich nicht aber hundemüde schon jetzt und eine daneben wird samstags delogiert und löst 60 parkamed in himbeersaft auf gibt ihn den kindern doch zuwenig zum sterben noch gerettet aber selten so tragisch gelaufen meistens die üblichen fälle wer will schon von der stunde seines todes genaueres wissen höchstens im fernsehen wird weiter gestorben und das jeden tag und eifrig seziert jeder mensch ist nicht anders und das heim ruft an oma fällt aus dem bett nicht nur einmal und gitter gibt's nur gegen unterschrift aber jetzt keine zeit die kinder streiten um nichts aber laut er liest die zeitung ist sauer wegen des lärms irgendwo wird fleißig geklopft oder gilt es dem teppich er hält das kaum aus nach der woche fragt an ob sie abends essen beim griechen ohne kinder natürlich also das wär das letzte woran sie gedacht hätte sagt sie

Vermillon

pegasus

die flanken zuckten im seitlichen fall
noch eine weile weiter
der eine flügel deckte ihn zu
begrub seinen ritt dass kleinste federn
stoben die nüstern stoffballenblau
steinwolkengrau aber welche farbe zog
seinem sturz hinterher nur der
stillstand drehte sich träge im fallwind
und jählings getriebenes licht schwärmte
für schmetterlinge und verlor an höhe
welch weiches brombeerlicht weißes quelllicht
liebelei durch und durch bäumte sich auf
roch erdig nach föhn und nach fallobst
setzte den fliegen und vögeln nach riss ihn
mit zu den wiesen in der schwebe verharrend
schweigen sich andere scheintot

süßwasser

weiter draußen lag der stille ozean
bemühte sich um ruhe während wir
umschlungen auf dicken tauen
lagen tiefe durch planken stieß
dass gläser in borden klirrten
und wellen schlugen an
oder doch nur das gegenüberliegende
ufer des sees zu allem überfluss
schien auch der mond noch
zu scheinen

futur II

er hat mich umarmt wie er mich immer umarmt hat
in die arme genommen die vermutungen über
künftig gewesenes und gegenwärtig vergangenes
beim wort genommen da hast du mich aber schön
erschreckt einmal schwimmen und lieben
gelernt und nie mehr vergessen
aber gesagtes wird wiederholt werden gedanken müssen
zu ende gedacht werden bevor wir sie ein für allemal
begraben auch kolumbus hat amerika zufällig
entdeckt und an mein bett hast du ein großes leuchtendes
frühstück gebracht mit kaffee fünf-minuten-ei orangensaft
und weißbrot die paar unsterblichen worte für
einen ganzen morgensatz der uns im arm gehalten hat
uns weiter hält und auch in zukunft wird nicht alles
gesagt worden sein

liebste freundin

(für martha)

wie sich die zur ader gelassene zeit dreht
        und wendet sich gefällig zeigt
sich wellt windet und doch nichts
        verändert hat bist du mir eine die libellen
        und löwen zähmt auf klavieren
dein lächeln bleibt mir unverändert zugewandt
        was für ein himmel hängt über
uns beiden der hund an der leine zieht uns mit
        in weiße luft und schwere tiefe erde
gehe ich leichtfüßig in großen warmen stiefeln neben
        dir es sind deine du erzähltest weißt du
noch von meiner vorliebe für hauchdünnes
        marzipan seelen-seidenpapier und
anderen trostpflastern ein nächtliches wort
        ein funkengestöber wie die aurora borealis
uns damals in großer höhe umfing
        mit einer sonne die uns folgt und
        blätter machen uns nichts vor denn
letzte mahlzeiten werden aufgeschoben
        und bahnhöfe generalsaniert

elektronen

entgegengesetzte
impulse
halten
paare
zusammen

mitochondrien

meine sieben urmütter tragen ein fell aus eis
        mit händen füttern sie das haus
flechten böden aus silben ihre kinder trinken
        milch aus gletschern wölfe
begleiten den zug blut schießt warm wasser
        stürzt will nicht enden klettert
auf bäume gießt zeit in täler nur tiere singen
        und dunkel glosen die wunden am knie
ihr blick zum himmel aber ist meiner

astor piazzolla

waren das wir
die dort tanzten
und unsere liebe
machte alles mit
obwohl sie keine
einzige schrittfolge
kannte wir auch
nicht schweigen
und liebten uns
bis zum morgen

vorspiel

vor der liebe
mein fuß
in dem akt
spielst du
mit

erklär mir liebe

und erzähltest liebe sei ein gefühl von licht
im leeren raum ohne möbel oder bilder nur
lichtfarbe rings herum und nur wieder
lichtleere keine menschenseele
weit und breit selbst du warst nicht da
und auch kein einziger gott auf weiter
flur zu sehen geschweige denn ein
hausmeister oder eine grünpflanze
am balkon durch ein unbekanntes
fenster hättest du dich schließlich
mehr oder weniger vorgefunden
und dich in mir entdeckt respektive
könnte aber auch alles andersherum
gelaufen sein nenn es wie du willst

wasserfarbenliebe

aufgeschlagene rosenröte spielt mit hellhäutiger bläue
und lilienweiße tagesdecken versprechen gefällige
treue in den gelben gartensegeln toskanabereit zum
abschied bestreichen kursgepinselte grünstufen
die wände daheim
glück allein

schon wieder ein imperativ aber nett

gib
gib mir
gib mir was von dir
deine rechte schulter schmeckt nach pirouette
die andere ecke dreht
sich ganz von
selbst zu
mir

sein

und außerdem bist du da
          und das ist gut
ich höre deine schritte
          deine stimme farbig dicht
dein atem fliegt voraus
          du wäscht dir den tag
von den händen bist bereit
          alles bleibt eine zeit
wie es ist

savants/wissende

ich weiß das jahr das monat den wochentag die stunde die
        minute
in der ich dich sah
ich weiß wo ich dich traf die straße die ecke ein gelber wagen
        hupte
ein roter nahm ihm die vorfahrt bremsen quietschten
deine kleidung deine schuhe deine tasche deine bewegung dein
gesichtsausdruck als stündest du vor mir in dieser sekunde
es hatte geregnet und die leute liefen mit ihren regenschirmen
die köpfe eingezogen der himmel würde auf sie niederstürzen
du aber gingst hoch erhobenen hauptes als hättest du
diesen moment erwartet ersonnen herbeigedacht arrangiert
vollkommen durchnässt und fragtest mich nach dem weg
den ich selber nicht wusste

in love again

und arme halten nächste worte umfangen
        sogar sätze werden mit sorgfalt
auf ohrenfelle gestanzt weitergeleitet
        in innere organe verpflanzt
geben befehle bereit die gewaschene liebe
        auf langen leinen im winde
zu trocknen wie flatternde fahnen

Schmerzpatient

mitten im kopf wächst die liebe sagst
du die ganze kindheit lang magen und darm
getrotzt das herz ist aushäusig geworden
auf gläsern schalen blöcken dosen nichts als
herzen eine krankheit die du hoffentlich

gut betreust nichts funktioniert in diesen
neuronalen schaltkreisen schwäche
und zittern sind die kleineren übel
geruch bewegung alles verändert
oft nicht zum guten

fliegen wäre ein weg oder tanzen
schlaf brauchst du keinen
mit der liebe im kopf

Chimäre

ich komme einfach nicht weiter
gestern hab ich versehentlich
zweimal liebe in meinen laptop
getippt ohne etwas
dabei zu denken

anscheinend wollen sie einen brief schreiben
schreibt er zurück
als büroklammer
tanzt er am äußersten rand
meines schirms
belesen und bebrillt

also lehnte ich mich tiefer
in sein licht
und schrieb der liebe
einen brief in liebe
ganz spontan

ohne namen und ort
also namenlos und ungebunden
ohne farben und gerüche
also farb- und geruchlos
ohne sprachlehre mit
übungen und lösungen
also ohne grammatik und schule

offenbar handelt es sich
wirklich
um
liebe

was weiß ich

San Antonio

Weiter weg reduziert sich die Nähe
beträchtlich, nur das Licht gliedert
den Raum, und hörst du die Musik,

die gegen die Steinmauer prallt und
meine Hängematte zum Schaukeln bringt,
gespannt zwischen zwei Ölbäumen, daneben

Kakteen und Feigen und ein Glas mit
zirpenden Zikaden, aber keine Plage,
wie du vielleicht vermutest.

Ich konzentriere mich auf das Wesentliche,
aber der Asket bist du mit deinen
leeren Tontöpfen, ich träufle

mir stattdessen geschmolzene Turmaline
auf den Bauch und lege
mich in ein Bett aus Blättern und Oliven,

stecke mir Limetten ins Haar, damit du
mich auch gleich erkennst,
wenn du endlich kommst.

Parzival

Ich wäre so gern
mit dir
durchs dunkle Tal geritten,
hätte mich
von dir
erlösen lassen,
mit allen Folgen,
dir alle Fragen
beantwortet,
dir ein Orange
zugeworfen,
dein Erstaunen
beobachtet,
es dann für dich
zerteilt,
dir die Spalten
gereicht,
den Saft
von den Fingern
geleckt
und sogar geschwiegen,
denn Schweigen macht
Gralsritter glücklich,
hab ich gehört,
du willst
immer nur
die Welt
retten,
dich nicht.

Könntest du nicht einmal etwas für mein Pferd tun?

der friede
(für elfi s.)

im himmel wohnt der friede
im himmel wohnt derfriede
im himmel wohnt delfriede
im himmel wohnt elfriede

neumond

in deiner iris
war ich
halb sichel
war ich
halb ganz
stand mir bei
geschrieben seitenweise
ein leeres blatt vor augen

zutraulich

meine fingertexte fugen dich
streichen dir mittagsschlaf und abendruh
spielen dir laune für laune ins fell
alter cowboy
gestern hab ich sogar den versschimmel
für dich bestiegen
und dir abendrot zubereitet

vergissmeinnicht

herrgottsfrühblass bereite ich für dich
mein wärmstes polentagelb zu
werfe mich auf das beste
vom kolben wühle in pirouetten
von sämiger fülle schlage mich
durch bis zum bissfesten ende
damit du mais nicht vergisst

bild

rahme mich
mit
händen hals
und wange
ein

vielleicht noch eins

deine augen sind mir
wie rahm und zimt
du schmeckst wie früher
und später
auch dein rücken hat etwas
zum ausruhen
an sich deine lende
und
alle leibspeisen werden
serviert
ich lebe ewig

Über die Autorin

Margarita Fuchs, 1951 in Riedau/Oberösterreich geboren, verbrachte ihre Kindheit in Grieskirchen in Oberösterreich. Besuch des Realgymnasiums Wels. Nach dem Studium der Germanistik und Geographie in Salzburg unterrichtete sie bis 1999 an AHS und BHS in Neumarkt am Wallersee und in der Stadt Salzburg. Langjährige Tätigkeit als Trainerin und Seminarleiterin in der Erwachsenenbildung am BFI Salzburg. Sie ist verheiratet und Mutter von drei Kindern, die zwölf, sechzehn und dreiundzwanzig Jahre alt sind.

Inhalt

Von Margarita Fuchs

Margarita Fuchs
Das große Fest in Portobuffolé
Roman
394 Seiten, Euro 26,–/sfr 47,30
ISBN 3-85306-025-0

Ein üppiges Fest des Lebens, bei dem sich die Wege durch Europa und die Schicksale und Träume von Frauen verschiedener Generationen kreuzen und offenbaren.

„Margarita Fuchs geht es vor allem um Sprache! Endlich kann sie mit Sprache selbst arbeiten, behutsam setzt sie Wort um Wort. Sie erzählt aus dem Leben einer Frau im 21. Jahrhundert, es ist eine persönliche Geschichte, die zugleich über das Individuelle hinauswächst und sich in ein allgemein menschliches Anliegen wandelt.

Ihr Roman besitzt großen Wiedererkennungswert, viele Assoziationserlebnisse geben der Leserin, dem Leser das Gefühl, eingebettet zu sein in den Strom des Lebens."

Ulrike Guggenberger, Salzburger Nachrichten

G – EDITION – GARAMOND

Aus dem Programm der Edition Garamond

Ilse Nekut
ZehnEins
55 Variationen zu Menschen und Musen
212 Seiten, Euro 17,90/sfr 31,30
ISBN 3-85306-022-6

Die mythologischen Gestalten der Autorin bewähren sich im Alltagsleben, und ihre Menschen kümmern sich auf wunderbare Weise umeinander und die Welt: phantastische, manchmal irreale Geschichten, die von Menschen handeln, aber auch von der Welt der Musik, der Astronomie und der Physik.

Gerlinde Weinmüller
Die Entlarvung des Schmetterlings
Kurzgeschichten
120 Seiten, Euro 14,80/sfr 27,20
ISBN 3-85306-026-9

Klassische Kurzgeschichten in modernen Beziehungswelten: eine plötzliche Verschiebung im Alltag, ein überraschender Wechsel der Perspektive verändern das bisher scheinbar sichere Leben der ProtagonistInnen.

Marija Mischkulnig
Der verbotene Genuss des Vergessens
Autobiographisches Essay
66 Seiten, Euro 15,80/sfr 28,70
ISBN 3-85306-024-26

Ein literarisches Essay über die Erfahrungen eines Kindes mit Verlust und Tod, das der daraus folgenden Einsamkeit und Trauer Worte und damit Auswege geben will.